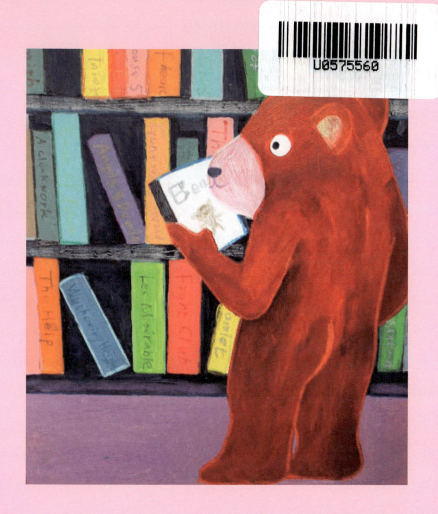

吴淡如

／

著

遇 见
亲爱的宝贝

Meet
Dear
Baby

国际文化出版公司

·北京·

遇　见
亲爱的宝贝

Meet
Dear
Baby

吴淡如，有女万事足

巴掌仙子『小熊』长大啰！

"袋鼠妈妈"养育法，
呵护"巴掌仙子"

提早3个月报到的小熊，刚出生时只有
910克，真的是个"巴掌仙子"！经过医院的
照顾及吴淡如的细心呵护，6个多月之后终于

健康亮相，现在体重6千克多，圆滚滚、粉嫩的模样，可爱极了！

提起小熊刚出生时的那段日子，看着女儿只有巴掌大，躺在保温箱里受苦，吴淡如就心疼不已！于是她顾不得自己产后的身体都还没复原、伤口还在疼痛，甚至每天医院门口布满了想要拍自己一举一动的狗仔队，还是坚持每天到医院，为女儿送上从自己身体汲出的母乳，一点一滴都是吴淡如帮女儿加油打气的珍贵乳汁！

小熊在台北市立联合医院妇幼院区的新生儿加护病房住了2个月，吴淡如就当了2个月的"袋鼠妈妈"！什么是"袋鼠妈妈"呢？吴淡如说，那是她跟女儿最贴近的时刻，她们俩赤裸上半身、用衣服或床单围着，让女儿听着自己的心跳，贴近自己的身体，交流彼此的体温，这时，小熊总能很安稳地依偎在妈妈的怀中睡觉，这一刻，是属于她们母女俩的温馨时刻！尽管医院门口外又热又乱（因为都是狗仔啊，甚至还有狗仔

乔装成病患或家属混进病房，想要拍摄到吴淡如），管他呢！吴淡如不放弃任何可以为女儿do something的机会！

　　所幸小熊也很争气，护士跟吴淡如说，小熊是新生儿加护病房中体重最轻、却喝最多奶的婴儿！于是在妇幼医院新生儿加护病房所有医护人员的悉心照顾，以及吴淡如每天亲自快递最新鲜的母乳之下，小熊长得很快，终于在2个月后体重达2300克，出院回家了！说到此，吴淡如对妇幼医院充满了感谢！

早产儿的父母要有信心！

由于自己有切身之痛，因此吴淡如很能体会同样是早产儿父母所面临的担心与煎熬。她想要跟早产儿父母说："多祈祷！相信医疗人员的专业！"另外就是尽己所能，就像上文说的，她在女儿住院期间，每天跑医院帮女儿送母乳，每天去当"袋鼠妈妈"，虽然辛苦，但现在看女儿长得这么好，这么可爱，一切的担心、煎熬与辛苦，就都值得了！

所以吴淡如鼓励早产儿的父母要有信心，只要照护得宜，大部份早产儿都可以像"小熊"一样，从"巴掌仙子"变成健康宝宝的！

婆婆是救星！

　　另外，吴淡如非常感谢她的婆婆，也就是小熊的奶奶。吴淡如自己招认说，她不只是个"新手妈妈"，还是个非常"歇斯底里"的妈妈！小熊在医院养到2000克时，吴淡如很认真地去医院跟护士学习如何帮女儿洗澡，可是她怎么抱、怎么洗都不对，生怕把女儿折到，或害她溺水；出院后刚抱回家时，吴淡如更是无时无刻不盯着女儿，一

有动静就紧张不已；更别说女儿哭闹不休，或女儿出现一些状况、不知道该怎么办的时候，吴淡如就想赶快把女儿抱去医院，让医生看看是怎么回事！整个人就是处于紧张、歇斯底里的状态。

这时经验多的婆婆，就会很镇定地说："没关系啦！没事！不用一直跑医院！"果然稍加安抚跟适当处置之后，宝宝就没事了！也因为"看不下去"儿子跟媳妇对照顾孩子的生疏跟手忙脚乱，所以吴淡如的婆婆就搬来跟他们住了！这对吴淡如来说简直是救星，给了她很大的安定力量！现在她也努力学习、渐渐上手，越来越有当妈妈的样子啰！

当妈妈的幸福

虽然吴淡如现在的母乳不多，根本不够给女儿喝，但她仍不放弃，找来一个奶妈，让女儿继续有最营养的母乳可以喝。不过她还是坚持每天固定一个时段亲自哺喂女儿，每天早上7点是她跟女儿的亲密时间，即使奶量少、乳房被小熊咀嚼（是"咀嚼"，不是"吸"）到痛，吴淡如说什么也不愿意放弃这宝贵的母女肌肤接触、心心相连的时光！

以前曾经说过不想生孩子的吴淡如，但现在一提起女儿就有掩不住的幸福！几乎逢人就秀手机里女儿可爱的照片："你看，她真的很爱笑……你看，她这表情不知道在想什么……你看，她有很明显的喜怒哀乐喔……"看着女儿照片，吴淡如越说越开心，幸福满满地写在脸上。

才女当了妈，
就是"酷"！

不过，吴淡如果然还是有个性，才女当了妈妈，就是跟一般人不一样！请看以下小编想要证明"才女当了妈之后就跟一般妈妈都一样"，但却屡次失败的套话。

ROUND 1：

小编问："淡如当了妈咪之后，是不是生活重心都围绕着小熊，变得很会照顾小孩了"？

吴淡如说："并没有！我不是婆婆妈

妈型的，该做的都会做，但并不是每一样都做！"

ROUND 1：

小编套话失败！吴淡如获胜！

ROUND 2：

小编问："淡如在主持谈话节目时，会常和人妻团、大嫂团讨教妈妈经、育儿经吗？"

吴淡如说："并没有！我不是个琐碎的人，若有问题问她们，她们都会热心地告诉我，但我们并不会一直谈育儿经，因为照顾小孩是很实际的，聊也没用。"

ROUND 2：

小编套话又失败！吴淡如获胜！

ROUND 3：

小编问："淡如现在的写作风格会跟以

前不一样吗？会经常写跟宝宝有关系的文章吗？"

吴淡如说："并没有！我不是个碎嘴的妈妈，并不会常写跟宝宝有关的文章。"

ROUND 3：

小编套话再次失败！吴淡如获胜！

ROUND 4：

小编问："淡如会每天缠着女儿睡觉吗？"

吴淡如说："并没有！都是我老公牵着我女儿的手一起睡，又因为我女儿习惯跟奶奶睡，所以是他们祖孙三人一起睡；我在我的房间跟我的五只猫睡，而且我一点都不觉得受到冷落。我觉得有自己的空间很好，况且夜深人静的时候，才是我写作的最佳时刻；假如我想加入他们，我就会加入，所以我们的相处很轻松自在。"

ROUND 4：

小编套话宣告失败！吴淡如大获全胜！

小编放弃套话……但发现了——原来很爱缠女儿的是爸爸，不是淡如妈妈！

女儿也不是盖的！

自己很爱阅读的吴淡如，教导女儿也很有一套！虽然小熊才6个多月大（矫正年龄也才3个多月大），但吴淡如就自制英文字图卡来教小熊，是自己画图、写字的自制图卡，不是市面上售的英文图卡，可见吴淡如教女儿真的非常用心。不过大家都怀疑，小熊这么小，她懂吗？吴淡如说，当然还不懂，可是当你拿图卡跟她说话、教她念时，她也会

用自己的语言咿咿呀呀地回应你，很有趣！而且跟她说英文，她会很认真地听；但跟她说中文，她就不太理。

吴淡如笑说，有一次她下班回家，看到不懂英文的婆婆在听ICRT电台（台北国际社区广播电台），她就觉得很奇怪，结果婆婆说："因为我转电台转到这台在叽里呱啦说一堆英文时，小熊就安静下来，很认真地听；转到别台，她就不听，再转过来她又安静地听，所以就继续放给她听啊！"后来吴淡如又发现，小熊很爱听RAP，喜欢OPEN小将（台湾地区的7-ELEVEN的超商形象代言玩偶）、喜欢听爸爸打扬琴……可见这只可爱的小熊，也是个特别的小孩！

希望孩子能快乐成长！

除了有文人气息，吴淡如也很有理财头脑。她说她正在宜兰看地，除了置产之外，也想为小熊在宜兰建造一座"开心农场"。因为她自己是宜兰人，很喜欢宜兰的风景与人文气息，她希望小熊可以在那里开心地成长。不过吴淡如说她也非常喜欢台中，那里气候宜人，不像北部或东部的潮湿，又不像南部的炎热，所以她也考虑在台中置产。这

位小熊妈，又有理财头脑，又处处为孩子的

成长着想，小熊能当她的小孩真是幸福呢！

　　身为公众人物，吴淡如非常了解个中的

辛苦与无奈，所以她不希望女儿也跟她一样！

因此她不会让小熊上电视节目。因为大家总是

给小朋友太多不切实际的赞美，这样会让小熊

太早就习惯掌声，担心她会迷失自己！

　　趁此机会，吴淡如也要对狗仔喊话：

"给别人生存空间！多一些同理心，好

吗？"尤其看到一些女艺人也跟自己一样，

被狗仔追着编新闻；还有前一阵子，那个可怜的H1N1孕妇早产的小孩，抵抗力那么差，记者就近距离地对着他猛拍，有着"侠义"性格的吴淡如就很替她们抱不平！

所以吴淡如只希望女儿可以快乐地成长，做自己想做的事，身心健全最重要；也不会逼她读书，就顺着她自己的意愿，父母能做的就是提供协助。尤其她以44岁的高龄才拥有这个女儿，她说："我能看她多久？顶多到她35岁吧！所以我希望能在这有限的时间内，多陪伴她，看到她快乐幸福！不过培养她有好的个性、将来能在社会中有生存的能力，也是很重要的。"

由于吴淡如本身就很独立，很有想法，所以她笑说："我希望小熊有独立的个性。将来她也会交男朋友，为人妻、为人母，我会跟她说，为自己爱的人付出是需要的，但千万不要傻傻地'牺牲奉献'，为另一半'肝脑涂地'实在没必要！不要当个没有原则的妻子或母亲，要有自己的想法跟意见，不要软趴趴的！不过世事难料，假如将来小熊认为'牺牲奉献'很开心，那也OK，她自己开心就好！"

这是身为一个妈妈常看到的状况，总是希望孩子能开心幸福，担心孩子被人欺负，恨不得把最好的给他们！

奶奶的心肝宝贝孙女

奶奶说到宝贝孙女小熊，也跟吴淡如出现一样的动作——掏出手机，跟人家一直秀孙女的可爱照片！

"你看，她这张肥嫩可爱，好像郝劭文小时候喔！"只见小熊刚好轻皱了一下眉头，好像在抗议："奶奶呀，人家我是可爱的小女生，你怎么说人家像郝劭文啦！我不要啦！"

　　接着奶奶又不断秀手机照片说："你看，她很爱吃手，我不准她吃，她就装皮皮的表情；我在忙，一不注意，她就伸舌头出来，想趁我没看到的时候偷吃；我一叫她，她又装无辜；我故意骂她，然后含一下唇，她也学我含一下唇，真是搞怪；你看，她表情好多，好像有很多想法的样子；你看，这是她在学讲话的样子；你看……"

　　哈哈！比起吴淡如对女儿的献宝，每天贴身照顾小熊的奶奶，更是有过之而无不

及！更厉害的是，"奶奶啊，你不是说在忙，怎么还能在忙碌中帮小熊N连拍呢！好厉害，给你拍拍手！"

拥有女儿，
就拥有全世界！

尽管不像一般妈妈，开口闭口都是妈妈经，但明显可以感受到，吴淡如"拥有女儿，就像拥有全世界！"她笑说，我常跟女儿说，"我真的不相信你是我生出来的耶！从那么小一颗胚胎，变成现在这么大……可以把你抱在怀里，我就很满足了！"笑中带着淡淡的泪水与哽咽，吴淡如直到现在，终于体会到为人母的感动与骄傲，认为自己当初冒着高龄的危险怀孕生产，是这辈子最正确的选择！

「宝贝，妈妈对你说」

写在前面

生命树中有很多分歧点，如果没有思考能力，你会走错路，还不知自己走错，想回头时，年华都已耽误。走错没关系，有思考能力的，会走回自己的路。

遇 见
亲爱的宝贝

Meet
Dear
Baby

亲爱的孩子，不必 "效我" "顺我"，请喜欢我。

我希望你有梦想，并且有同情心。跟自己比，不要跟别人比。

遇见
亲爱的宝贝

Meet
Dear
Baby

因你我重新了解人生，知道一切苦难有了意义，而一切
意义有了方向，那就是看着你长大，我内心就饱满。

你可以没有世俗成就，但要懂得走自己的
路，并善待自己。

遇 见
亲爱的宝贝

Meet
Dear
Baby

遇 见
亲爱的宝贝

Meet
Dear
Baby

爱，最重要。陪伴，更重要。没有陪伴和了解的爱，和不被孩子吸收的爱，只
不过是你的一厢情愿而已。

不管你想做什么，就去吧，我只能在你还很脆弱的时候，负责保护你，只要你不妨害到任何人，我不想给你方向，也不阻挡你。

遇 见
亲爱的宝贝

Meet
Dear
Baby

我所知道的人生，是一场马拉松障碍赛，要跑很久，障碍也很多，天也有不测风云，输在起跑点上，一点也没关系。

遇 见
亲爱的宝贝

Meet
Dear
Baby

我不喜欢强迫你，一个被强迫吃东西的孩子，是不可能发现食物的美味的。吃饭是人类最幸福的事情，不可以变成委屈。

如果我真的能够给你什么，我希望，我可以给你勇气，有勇气坚持，有勇气认错，有勇气乐观进取，有勇气面对未知、处理挫折，有勇气不要人云亦云，有勇气面对不得不的事情，有勇气相信自己的祈祷会被听见。

经过这么多年的历练，我很高兴我可以成为这么一个妈妈：有能力给你一个你永远想回来的家。

只要你朝着阳光走，阴影就会一直被丢在你的身后，但愿你懂得。

遇 见
亲爱的宝贝

Meet
Dear
Baby

现在的小孩，压力真大。

我自己是乡下小孩，凭着还可以的记忆力，在我念中学之前，说真的还真不知道考试前是要"抱佛脚"的。

念中学之后才发现，考试前只凭记忆的结果，成绩只能在班上的中等部分载浮载沉，于是开始知道，原来考试还是要准备的啊，对我这种自尊心强的人来说，中等是最不舒服的一个位置，于是我稍加努力念了书；我那个时代，家里的环境不可能让我去留学什么的，而身为一个在传统家庭中被视为应该牺牲的"长姐"，考上私立大学也别想念了，我凭着一点点个人的读书秘诀和努力，一路上没有念过第二志愿。

我人生中的挫折，比较少来自于学业。只要努力，就有收获。

而一路走来，感情上的，工作上的，人际上的各种挫折，还真没少过，甚且许多挑战痛心疾首。而且，对于一个奉行"有耕耘就有收获"的所谓会读书的学生来说，这些现实的考验常常到达让我傻眼的地步。承认我尽力了，但是仍可能失败，是我一直面对的"社会大学"的功课。

我自己挺会读书，但做梦也没想到，孩子的读书压力这么大。（台湾压力大，内地人才济济，压力肯定更大。）

首先，是在幼儿园大班的时候，就要学会五十二个英文字母（大写和小写一起算），还有台湾特有的标音法，三十七个只有台湾小孩必须会的注音符号。还有……

在我的年代，注音符号是小一和小二才学的，英文呢，更是天高皇帝远了，要到初中一年级才开始，很多乡下孩子直到中学三年级，连二十六个英文字母还写不完。

然而，我的孩子的学校，在幼儿园大班的时候就得全会了。我选择念这个学校，纯粹是因为它的口碑不错，而且就在我家附近同一条街上的缘故，一个幼儿园的学生，实在没有必要浪费时间在交通上，舍近求远。

我保持观察老师的教材，并且每天和孩子一起完成作业，我真的觉得这些作业实在超乎一个五岁的孩子应该会的，五岁的孩子还拿不稳笔呢。不过，为了不想当一个"恐龙家长"（台湾所常见的什么都有意见，干预学校教育的家长），我保持沉默，老师交待我们做什么，我们就依样做吧。这么早咕咕哝哝的教孩子反抗体制，也绝对不是什么可以培养他们创造力的事。

要念的童书，我一本都没有糊弄过。这挺符合我"在其位，认真谋其政"的基本为人精神。

但我很明白，我在陪伴，并不是在"教导"。孩子会主动拿着故事书找我，因为我说的故事好听。

无论如何，妈妈毕竟也在影剧圈生存了二十年。说的故事要不好听，早就没饭吃了。

[我们家发生过这样的事：

睡前的小熊：妈妈，可以说灰姑娘（辛德蕾拉）的故事给我听吗？

妈妈我愉快地讲了一遍，比手画脚，唱作俱佳。

讲完，没睡着。

小熊：妈妈再讲一遍！

好，又讲了一遍。然后，没睡。

小熊：这样好了，你再讲三遍！

天哪……我真的很想昏倒。

我的睡前故事，从来没让孩子睡过。虽然我也知道，讲得越无趣，孩子越会入睡，但是，为娘的我是来自影剧圈啊……]

我也教她唐诗。唐诗很美，她已琅琅上口近百首，幼儿有奇妙的模仿能力，他们对于押韵的文句有天生的记忆力，为了让她欢喜学，我请朋友带了比她小一岁，和她非常好的小男孩一起教，两个人都迫不及待期待每周一来我家上课，其实每次在我家混三小时，我教课的时间不过二十分钟，他们二人已经都能你一句，我一句地背诵，怎么抽查，都永志不忘。

我的任务只是，让学习变得有趣，不是强迫中奖。

（这一点，有很多人会问，那么小念唐诗，他们知道意思吗？我的实验结果是：意思，并不重要。唐诗本来也是歌。如果你要小孩明白意思才能念唐诗，那么，它会变成无比艰深的课题。大人真能完全明白唐诗的意境吗，当然也不。对于持这种"一定要了解意思"的说法者，我常问他"那你跟我解释，什么叫国破山河在？你的国破过吗？这种心情你真的能懂？……大人们都哑口无言。当然不可能懂，人不要以为自己年纪大了就会懂。重要的是，某些事，某些美感，先放进心里了，某一天，你会懂，看到"多少楼台烟雨中""明月松间照，清泉石上流"时你会忆起，你的母亲，在你幼年时，曾经带着微笑，将这些美丽的句子，温柔地烙进你的心底。）

她喜欢唱歌，我把每一首唐诗编成好唱的歌。甚至不惜借她的偶像"冰雪女王"的歌来编唐诗。

是陪伴，不是教育，更不是图个在亲友间炫耀。

我只是想要让她明白，妈妈曾经学过那么美丽的东西。

我只是享受着，享受我未曾享受过的愉快童年，与我未曾享受过的父母的耐心与温柔的陪伴，说真的，在孩子成长过程中，我很享受。

我不是虎妈，但也不宠溺孩子，我很享受。

孩子转眼要念小学了，某一天，我看到他们学校的外国老师在联络簿上写，我家小孩的英文待加强，希望能参加课后课，开学后每周一、三、五，要留下来从四点半再上到六点。

天哪？这是在考大学吗？

虽然我不想当恐龙家长，我还是婉拒了。唉，德国还规定，为了怕揠苗助长，幼儿还不准学写字呢？一个幼儿园大班的孩子，英文不好有那么重要？

我婉拒了。我希望，她能够享受"放学后就回家吃饭"的权利，而不是为了赶上进度，饿着肚子上辅导课。

如果一个孩子，在每周时数已经够多的英文课中，学不好英文，那么，就表示她需要别的方法才能学会，一直学呀学呀学的，努力上课拼命填鸭有什么用？

我很有勇气地在联络簿上写："没关系，就让她享受一下落后的感觉吧。"

落后的感觉，没什么不好，至少会比我这种从童年就争强好胜的，容易品味人生的缓慢之美妙。

还好，老师很能体会。

我绝对不愿意为了"跟上大家"，把孩子对于学习的兴趣打坏。

我不会因为自己一直念第一志愿，而要求孩子和我一样。

我不会因为自己的欠缺，而要求孩子比我强。

我宁愿和她一起享受美好的童年。我教不啰唆，不管太多，但是我坚守着"做为一个人应有的品德"。这一些，身教比言教重要。

孩子长大时，岁月也逼我们老了。趁着她即将上小学的暑假（哇，现在要上小学前，新生训练要一个月，压力真大啊），最后几天，我帮她请了假，带着她，和我弟弟的小女儿，以及小熊最喜欢的一个朋友，一起到台湾最南端度假。

有趣的是，这两个小孩的妈妈，都不怕我不会带小孩（说真的，我可不是慈祥而无微不至的保姆，我的形象一向是千山我独行不必相送啊）的料，很放心地让小孩跟着我这唯一的大人走了。只担心小孩太吵惹毛我，并不担心我不会带小孩。（她们知道，我凡事尽力而为，并且会找出最佳决策吧。）

孩子出生前，幼儿对我是小恶魔们，我不是天生保姆。愿意带这么些孩子度假，也只因我的小熊很喜欢朋友相陪。

只有我，她会觉得无聊。

妈妈们还遵守约定，度假三天中，不可以关心之名打电话来烦我。

我们过得很愉快，生态之旅，射箭，游泳——饭店里的人员都称赞，他们很小，但很有礼貌，从不喧哗。

我一路轻松，因为我用的只是"用稍大的小孩来当裁判领导，让两个小小孩有自尊心且具有自律能力"而已。他们有比较心，所以自动自发。

度假结束，我给每个孩子一百分。虽然三天假期，我并没有闲到"可以在泳池畔看书"的程度，但绝对没被惹火，连发号施令的机会都很少。晒成健康肤色的三个小孩都很满意。都问我何时可以"再一次"？

忽然能够体会"治大国若烹小鲜"的类似道理了。千万不要啰哩啰嗦，凡事，把原则抓对最重要。

套一句管理学大师彼得杜拉克的说法——对于妈妈来说，做对的事，还是比把事做对来得重要。

爱，最重要。陪伴，更重要。没有陪伴和了解的爱，和不被孩子吸收的爱，只不过是你的一厢情愿而已。

学业可以慢慢赶，奇怪啊，现在的家长要孩子那么早学会那么多长大后一定会学会的单字或学问做什么？

我们一定要教出早慧天才？一定要孩子完成你的未竟之志？不公平，你，为何不自己完成？

他，值得美好童年，如果你真的爱他，你便得学会观察与陪伴。你会观察出，他的本领可能和你想象不一样。你会陪伴他成长，而且发现自己得到的，比失去的时间更多更多。

是的，我很享受。

忘掉悲伤，

才有空当看见幸福。

我很开心，

我们曾经在绝望中一起坚持下去。

每次我看到你的微笑时，

我都再次确认，你就是我无怨无悔要爱的那个人。

辑一
遇见亲爱的宝贝

遇见·亲爱的宝贝

我愿意为你承受所有的痛苦、压力和命运的烙痕，
愿意为你挡住所有的风雨，但我知道，我不可以。
我不可以因为我的爱，让你失去得到勇气的能力。

度过绝望，看见幸福

> "我爱你，而你也爱我"是世上最重要的事情，如果我的人生一切都成功了，而和你的关系却失败了，那么，我就是失败的。我一定要成为一个被你所爱的母亲。

亲爱的宝贝：

要提笔写这样的文章，对我来说非常艰难。

因为，这是第一次。

从前的我做梦也想不到会跟"亲子教养"扯上关系。那么多年的时间，我不是单身贵族就是丁克族，行事向来是"千山我独行，不必相送"。

虽然我是一个资深的女人，但却是一个资浅的母亲。目前还沉浸在"这个小孩子怎么这么好玩"的陶醉中，没什么资格谈教养。我素来也害怕那些一厢情愿的父母写的教养文章——就因为他们生出了一两个乖巧优秀的孩子，就想告诉全世界"看！如果你可以跟我一样理性、有原则，你的孩子就会跟我的孩子一样优秀，一样聪明伶俐、考试满分，一样上哈佛……"

如果我可以选择，我不希望你名列"市面"上所谓的优秀。

成绩很好、人见人夸就是优秀吗？我的人生中多的是反例。是非成败永远不能只看少年得意时。

我也不想让你因为有我这样的母亲就变得很特别，变成一个"有名的孩子"。

可惜，你好像一出生就惊天动地。因为我生产过程的艰辛、迭遭"横祸"，媒体把一个女人生小孩的事，变成大家的事，我还没从手术室被抬起来，你的父亲刚签完我们两人的病危通知时，媒体已经把医院挤到水泄不通了。这是我在传媒圈以来最被记者重视的一次——你出生立刻登上头条新闻，连在海外多年失去联络的朋友都知道了。

因为原因仍不明的"妊娠毒血症"，你是个九百克的早产儿，一出生全身就插满管子，必须因为求生而受苦。

还好，你也是个很幸运的孩子，你的生命力很强，我的身体问题使得能够输送到胎儿身上的营养有限，你在状况很不好的娘胎里努力地活了过来，也挨过了各式各样的治疗：脑部出血、心脏动脉闭合、视网膜病变……一一被你克服了，你出院了，终于能够舒舒服服地躺在妈妈的怀里。

我说得云淡风轻，但天知道我在没有人看见的时候，掉了多少泪水，为你做了多少次的祷告——如果你能好，我愿意付出一切。我想上帝听见了，现在的你是一个很会表情达意的、活泼健康满地爬的孩子。

从决定要怀你开始，我就吃了很多苦。生了你之后，我受了更多的皮肉之痛，产后两个礼拜我还在病床上发着高烧，意志力几乎耗尽，走到了绝望的边缘。但是我从来没有退缩过，因为我明白，人生就是不入虎穴、焉得虎子。哈哈，这句成语用在这里还挺贴切的。

然而，看着你，这一切都值得。你将永远是我这一生最美好的礼物。

也许，当你慢慢长大时，我也会慢慢变成一个你眼中俗不可耐的母亲，唠叨的母亲，霸道的母亲。不，不，我会提醒自己——"我爱你，而你也爱我"是世上最重要的事情，如果我的人生一切都成功了，而和你的关系却失败了，那么，我就是失败的。我一定要成为一个被你所爱的母亲。

我会提醒自己：你是你，我是我，你拥有自己独立的灵魂。我没有权利左右你的未来。我只是一个协助者，不能够当你的领航员。我的任务在于，跟随你的心，帮助你找出你的人生乐趣，我没资格"栽培"你。

如果我们之间会发生任何冲突，无论如何，我要以爱来化解。

我有义务给你安全的环境、舒服的物质条件，但你必须是个独立的孩子。以年纪来看，我陪你的这一段不可能很久很久，你要懂得如何靠自己的力量追求梦想，创造属于你的温暖世界。

我会一直做一个快乐的母亲。我会为你付出，但不会为你牺牲，牺牲从来不是一个美好的字眼，意味着有人受损，受难。我仍追求我的梦，我仍有义务每日活得兴致盎然。

也请你一定要记住这一点：如果将来的你变成一个故步自封、愁眉苦脸、每日抱怨自己为家庭牺牲的女人，那可意味着我的"教育"全然失败。

你可以没有世俗成就，但要懂得走自己的路，并善待自己。

生你真的好辛苦，但那不是你的责任，那是我的选择。让你一出生就受苦，我至今仍觉亏欠。还好，走过来了。我很早就明白了：人生啊，像一个五味杂陈的蛋糕，不能从任何一个切开的面来判断它的味道。

如果有耐心，你终会吃到甜头。

就算是最荒芜的诅咒，度过之后，我也感受到了最温柔的祝福，以及波涛汹涌的幸福。

我真的好爱你

> 我爱你，爱到自己都感动得掉泪。因为这么美好的感觉，我感谢上苍，让我成为一个女人，一个母亲。

亲爱的宝贝：

你是我世上最爱的人，我非常非常爱你，胜过我自己的生命。

这不是我一直渴望的一种感觉吗？

爱一个人，远胜过我自己的生命。我从很小的时候就希望，能够有这么一天，我能感受到这样的滋味。终于，我遇到你了。

我一直是个自诩为理性的人。在爱情里，就算我再爱一个人，却未曾体会过这种全然投降的感觉。

生下你，非常非常辛苦，苦到无语问苍天的地步，有好多的日子，我和死神一起跳着非常怪异的舞。然而我却觉得好值得。当你天真地睁着眼睛看着我，我知道，这一生至此，非常非常值得。我所努力的一切，如果能够带给你无忧的生活，那么，我不怕一切险阻。

我终于明白，如何无条件地爱着一个人。如何不顾一切地爱，如何无怨无悔。

我爱你，爱到自己都感动得掉泪。因为这么美好的感觉，我感谢上苍，让我成为一个女人，一个母亲。

我知道，我只有义务，也并不想求取任何回报。我爱你爱你爱你。而且永远爱你。

永远，是我很难相信的字眼。因你，我相信永远。

我爱你。因为你，我相信有上帝。

因为你，我深知我幸运且幸福。

你是一个因为爱而诞生的孩子。虽然我不希望溺爱你，但我的爱仍然"包山包海"，不管你需不需要，我像是月亮环绕地球一样，希望以我的温柔环绕你。

你很小，你不知道你带给我什么珍宝。因为你，我懂得什么是真正的温柔。

你无知无觉地，且自然而然地带给我这世上最难得的珍宝。

你让我相信，在宇宙洪荒里，我微不足道，但活得充实而有方向。

我爱你，我非常非常爱你。

在有你之前，我认为，人生若不快乐便不值得活。有你之后，我知道人生无论如何都值得活。

所以我甘愿

有时，我也把自己搞得好累好累，但是，亲爱的宝贝，其实，只要你叫一声妈妈，妈妈就觉得好甘愿。

亲爱的宝贝：

常有人是这么说的：没生孩子之前，很渴望有个孩子；生了孩子之后，又想要把他塞回到肚子里。

孩子似乎影响了大人们的生活，变成了他们追求愉悦人生的绊脚石。

不，我一点也没有这样的想法。

因为你是我渴望中的孩子。我将用一生一世来爱你。我本来是一个很喜欢浪迹天涯的人，有了你之后，我像一艘有了锚的船。我知道，我的爱已经足够，我不可能爱你更多。

有一大部分的原因是：因为我已经彻底享受了单身生活。

我一直是个很自我的人。自我，对于人们来说，是一个贬义词，但我不这么认为。我总是在做着我想做的事，追求着我的梦，不管我有多老，我永远不想画地自限。

这么多年来，我一直在享受单身生活。即使在热恋中，即使在婚后，我从未为了任何人而放弃过自己。

我写作。我做我喜欢做的每一件事。我每隔一年就想要学一样新把戏。

我不喜欢像死水一样的腐烂。我也很怕看到某些人，为着同一件事情，同一个人，在同一个泥巴坑里浮沉很久。人要懂得把身上的伤医好，把弄脏自己的泥水洗掉。

我热爱冒险。没有你之前，我是个对自己很好但不太要命的人。

我去过南极，也到过非洲。我曾经潜进美丽而壮阔的太平洋。上山下海，我都不怕。

因为我享受过淋漓尽致的单身生活，我不怕冒险。所以不论多大的冒险，我都甘愿。

说实在的，或许是命中注定的考验，有你的过程是我人生最大的冒险。

我已经用我的生命当赌注了。所以我甘愿。

看着你的微笑时，我觉得一切的辛苦全都值得。

这是高龄产妇的好处（做人总要往好处想的），因为我已经看尽了人间的烟火灿烂与烟花寂寞，所以我好甘愿。

我养你，未曾生过气，未曾想要把你塞回去，你很小，已经很有主张，有时会让我又好气又好笑，但我始终用好奇的眼睛看着你。养儿育女这件事真新鲜，我发现，观看一个孩子成长，真是一件"日新月异"的有趣事情。

我看尽世间事，所以有了年轻母亲所没有的耐心。因为爱，好甘愿。

甘愿，才会快乐。

我希望你的人生里，一直是甘愿的。

学东西，甘愿；爱一个人，甘愿；做一件事，甘愿。你要对自己很好很好，不要为任何人牺牲你的自由意志，不要放弃你的快乐，要不然，你就太对不起妈妈了。

人只能在甘愿中得到乐趣。没有任何被迫塞进嘴里的东西是好吃的。

有时，我也把自己搞得好累好累，但是，亲爱的宝贝，其实，只要你叫一声妈妈，妈妈就觉得好甘愿。

还好我对痛苦健忘

> 请你以后，一定要学会忘记痛苦。如果真的有人让你痛苦，那么，你更应该对自己好一些，别把痛苦当成利刃，再拿来捅自己一刀。只要你朝着阳光走，阴影就会一直被丢在你的身后，但愿你懂得。

亲爱的宝贝：

妈妈接受了一个记者的访问。谈一本书。

这本来应该是很云淡风轻的访问才对。

书中写的那个妈妈的女儿，一出生后不久，就因婴儿猝死症过世。她一直在折磨自己，认为孩子是她害死的。

因为那些痛苦阴影的摧残，她无法好好工作，也变得愤世嫉俗，很难相处，几乎毁掉了所有的人际关系。

忽然间，记者问我：你可不可以谈谈你的类似经验？

很多人知道的。记者常用 A 目的来采访你，但其实他想谈 B。但他不能用 B 来当访谈目的跟你交涉，因为你会拒绝。

我愣了一下。类似经验？

看着他的眼神，我慢慢了解他想问的是什么。他想要问的是，本来是双胞胎的嘛，后来只剩下一个，你有什么感觉？你到现在还很痛苦吗？

其实，不太一样。怀孕满五个月的那一天，一次例行检查，我发现有一个孩子在我的肚子里不动了。什么叫作从天堂跌进地狱，那一刹那我懂了。

我一直哭一直哭，不断地抚摸肚皮，希望她回复温度。我希望是那该死的 B 超仪器错了。

医生真是冷淡的职业。我看过两个医师，一个只是平静的说："反正，你也不能够做什么。你只能等。"一个很专业地说："这种例子我看过。幸运的话，你一定会早产，不幸的话，你会中风。没有第三种可能。"

第二天，我的忧虑盖住了悲伤。我知道，我要担心的是你，你还健康活泼地动着。你什么事也不知道。

我上网看所有的类似报告和论文，才知道这个危险度有多高。第二天，我把自己再送进医院，雪上加霜的是，我发现自己有妊娠高血压，它有个很难听的名字叫作妊娠毒血症。

我开始进入后来持续了两个月的"剐刑"中。我不能吃，不能睡，就算睡着了，没过两个小时就会尖叫惊醒，全身僵硬。每晚我都梦见一些奇怪的景象，记忆中最清楚的画面是，我被困在一家第二次世界大战的医院太平间里。里头都是裹了纱布的尸体，还有像木乃伊一样的伤兵，活着，但四肢不全，他们被绑在装了轮子的担架上，环绕着我滑来滑去。空气中充满着药水味，在梦中我被无助的冰凉包围，喊不出声音，找不到门。

那时，我每天渴望着天亮。渴望着有一件事让我做，让我忘记我的恐慌和痛苦。除了很好的几个朋友之外，我没有跟任何人，包括我的父母说我的状况。因为说了，别人的担心只会增加我的负担。而传出去的话——啊，你知道妈妈很早就明白什么叫作公众人物了——会像血引来鲨鱼一样。当一个公众人物出事时，他的悲剧会上娱乐新闻，这是个悖论，大家都认为自己有知的权利，没有人体贴他痛或不痛。他出的事情越大，围在身边的鲨鱼会越多，甚至会咬到他身边不相关的人。

到现在想起来，我还有些不寒而栗的感觉。

后来还更惨，所有被医生判为安全的血压药都降不了血压。也有可能是感染吧。腹水开始从血管里渗出来，把我的肚皮越撑越大，我还以为是你长得很大呢。

不到三十周，我得进医院里剖开肚子。这是我自己下的决定，我知道自己撑不住了。

本来以为你出生后，灾难就会结束。但我又在医院里得了莫名感染，白血球开始上升，每天都在发烧，血管因为打抗生素，每一根都像有火蚁在咬一样。我告诉上帝说，这个灾难可不可以早点结束？我知道我很坚强，但是我的极限快要到了，不要再折磨我。

一切我都知罪。我都认了。别再对我施酷刑了吧。

结束了。还好都结束了。现在的我，看起来比以前还健康。而你也渐渐长大了。你真是个争气的孩子。

我告诉记者说，这不是类似经验，我只是肚子里曾有一个孩子没有办法出生的母亲。我笑着对他说，我不喜欢回忆悲剧，因为人只有往阳光多处走，才会有希望。有你我已觉得很幸福，那些上帝决定不属于我的东西，我要相信，她在上帝怀里过得更舒适。

亲爱的宝贝，我的人生经验不少，因而痛苦对我来说，只要日子久了，记忆通常很淡，不再能掏我的心刺我的肺了。我也相信，这是个好习惯。

请你以后，一定要学会忘记痛苦。如果真的有人让你痛苦，那么，你更应该对自己好一些，别把痛苦当成利刃，再拿来捅自己一刀。只要你朝着阳光走，阴影就会一直被丢在你的身后，但愿你懂得。

当妈妈越来越贪婪

> 妈妈的期待、妈妈的欲望、妈妈的贪婪，像杰克的魔力豌豆树一样，每个晚上都在偷偷地长大，亲爱的宝贝，我知道我必须努力剪裁它。

亲爱的宝贝：

第一次从 B 超看到孩子以一个人的具体形象在肚子里活动时，妈妈都是惊喜万分的。

我们都会惊叹，上天造人的能力何等神妙，而能够在体内孕育着一个小生命，又是何等荣宠。

"一，二，三，四，五，左手五根指头……一，二，三，四，五，右脚五根脚趾头……都很正常……"

听到"正常"两个字，我们就兴奋得手舞足蹈。"他正常耶。"心里的一块石头放了下来。

现代医学科技十分发达，总会给准妈妈做一系列检查。然后，妈妈带着半是期待半是紧张的心情，去做颈部透明带B超。那是用来初步检查唐氏综合征用的。

"嗯，一点七厘米，不会太厚，不用担心。"医生说。

哇，好像中了特等奖。然后就是验血报告。虽然我是个高龄产妇，但是，验血报告很不错。

有个朋友就没有那么幸运。她虽然只有三十岁，但出现的验血报告，生出唐氏综合征孩子的几率是八十八分之一。哇，那只有再做进一步的报告了。

进一步的报告要等两个星期左右。那两个星期，全世界安慰她不要担心都没有用，她不能吃不能睡，每天抚着肚子伤心地哭，虽然，她在工作上，可是一个镇定又冷静的人。

还好没事。

妈妈还有个朋友更倒霉。她在做验血报告时，验出艾滋阳性反应。她打电话给朋友诉苦，说自己根本不可能得艾滋病。每个人都一口咬定："一定是你先生有问题。"竟还有人说："我老早怀疑他喜欢的是男人，他跟你结婚，可能只是个幌子。"先生为了自清，马上去检查，证明自己没有艾滋病。这下更惨了，婆家开始有人怀疑她的清白。

到大医院做进一步检查，证明是子虚乌有。只是某种检验剂的反应过度。

在松一口气的同时，她昏倒了。她的情绪压抑了太久，"那一段时间，比地狱还可怕。"

所有的妈妈都一样，在孩子出生时，只希望他健康、健康、健康。

然而我知道，我也跟很多妈妈一样，如果我不制止自己的贪婪无限扩张，我很可能会变成"恐怖妈妈俱乐部"的一员。

你被迫出生时还不到一千克，还要插管才能呼吸。妈妈每天看着血氧机和监视器，希望你能够早一天拔管，靠自己呼吸。医生说早产儿大多都会有脑内出血，你也有，妈妈一直希望，你脑部的血块可以赶快消失。你很轻，妈妈每天祈祷，请让你多长一点肉，多十克也好。有一天，你多了一百克，我喜极而泣。但第二天，你又倒缩了二十克，我哭了。

然后是视网膜剥离的问题。在你出院时你已经痊愈，确定不必受手术矫正之苦。为了你的眼睛，我也跟上帝请求了一千次。

啊，本来只希望你正常健康。

随着你的"正常"，随着你的成长，妈妈的要求会越来越多。渐渐地，我发现自己的"希望"越来越多。我开始希望你长高一点，长得比妈妈高，以后就不用穿高跟鞋。

希望你早点学会走路，早点说话。也心存侥幸，看看是否能早点发现你的某部分天才。

我和所有妈妈一样贪婪。但是，我心里也有一种声音在制止自己。我看得太多了，我知道，妈妈的过度期待，对于孩子绝对是一种伤害。我可不愿意将来的你变得很优秀，但却无法爱我。

妈妈的期待、妈妈的欲望、妈妈的贪婪，像杰克的魔力豌豆树一样，每个晚上都在偷偷地长大，亲爱的宝贝，我知道我必须努力剪裁它。

你学走路，我学感恩

> 我愿意为你承受所有的痛苦、压力和命运的烙痕，愿意为你挡住所有的风雨，但我知道，我不可以。我不可以因为我的爱，让你失去得到勇气的能力。

亲爱的宝贝：

你出生时，和刚出生的小猫差不多大。

你在加护病房时，我每天祈祷，那时候我以为，我人生中所有的勇气已经都快要被我的担忧侵蚀掉了。还好，我还能祈祷。祈祷时，我们家的猫都温柔地围在我的身边。刚开始，我只祈祷你可以跟妹妹（我们家最小的一只三色小母猫）一样大。

妹妹只有三千克。你在二千三百克的时候就出院了，和它相比，还是袖珍玲珑的娇小孩子。那个时候我好惶恐，生怕自己一时粗心，就把你的骨头弄折了。

果然，你渐渐地长大了，超过了三千克。那时，我又祈祷，希望你能跟狐狸哥哥一样大，狐狸有四千克，是我们家最年轻的一只公猫。

果然，上天又听到了我的祈求，你长得比狐狸哥哥大了。

然后，我又贪心地希望，你可以跟我们家最重的黑猫阿宝那样大了。

现在，你开始学走路了。你已经有两只阿宝一样大。

你的小手小脚很结实，完全看不出来曾经是个手指比牙签细的孩子。你还不会走路时，就企图爬上爬下，精力十足，像个装了劲量电池的娃娃。

你很爱笑。一看到我就笑。不管一天的工作有多疲惫，只要看到你的笑，我的疲倦就会在瞬间消失。

孩子的笑，是上天送给母亲最好的礼物。

你在刚开始学爬的时候，我们不太留意时，你会撞到，现在你开始学走路，一不小心也会跌倒。

家里的长辈看你哇哇哭了，很心疼，也很自然地为你打着地板说："地板坏坏！打打！害小熊跌倒！"

我微笑着跟长辈说，是你自己撞到头的，可不是地板来撞你的哦。我想得比较多，我的逻辑是，如果跌倒了要怪地板，那么将来我们一遇到挫折，岂不都要怪别人？万一一辈子没出息，可就要怪社会、怪时代啰？

我最怕那种怨恨总是铺天盖地而来，老把别人的辜负或错误当成陈年的口香糖放在嘴里一嚼再嚼的人。

后来我们的"统一处理方式"是：当你跌倒时，会轻轻地走过来抱你，让你知道，有人关心你，然后，让你转移注意力，看看猫，看看外面的蓝天白云。

你很勇敢，总是在三十秒钟内止住哭声，又开心地挣开我的怀抱前进。

有人说，小孩学走路时，应该给他一个"无障碍空间"。甚至有人在怀孕之初就劝我，把猫都"处理掉"，不然孩子会过敏，会气喘，会得传染病。

我问过兽医，那都是不正确的恐惧。我们家的猫不出门，它们比人干净。

我没有理会过那些"忠言"。在你来之前，我和我们家最老的猫相处了十二年。连最年轻的狐狸都有八岁了。

它们是我最忠实的朋友。性格温驯，常被我以"温良恭俭让"来形容。

它们陪我们度过生命中难以度过的时刻，是陪伴我的最沉默而温暖的力量。

我不会因为你就背弃它们。这是我的坚持。

因为，人之所以为人的价值，正在于：不会忘恩负义。如果我因为即将来临的你，因为一个可能的恐惧而放弃了没有生存能力的它们，那么，我绝对不是一个值得交的朋友，也将终生因此而内疚。

我想，我的坚持并没有错。你并不曾因为猫毛过敏，大家的担心诚属多余。

虽然，会爬的你，已经成为"猫见愁"。你总想追猫，还想要偷拔猫毛。猫看到你咿咿呀呀爬过来，总是纷纷闪避。

有一次，我看到你用力地抓住猫尾巴，想要阻止，已经来不及。然而，阿宝只是看着我哀号了一声，仿佛在说，你管管这只小怪兽吧。它知道你是比它幼小的无知动物，一点也没打算反击。

我为他的体贴而感动，跟它说了声：对不起，她还不懂事，不知道这样会痛，请原谅啊。

亲爱的宝贝，知道吗？这个世界并不是一个无障碍空间，一个人，总要经过许多挫折才能长大；再爱你的人，都无法给你一个完全的避风港，或一个永保没病的无菌室。

对于将来，很多人居于好心，或基于他们的认知，会给你各式各样的忠言，但是，你要有自己的判断。不要被任何人随意传染一种人云亦云的恐惧。

那么，你才能保护你自己，以及保护你所爱。

其实，初生之犊不怕虎。在我看来，恐惧都是大人传染给孩子的。

你八个月时，我带你到一家饭店度假。那家饭店有个巨大的户外温水泳池，我很喜欢。我带着你下水，只托住你的手臂，你开心地踢着水漂浮。

我们遇到了一个父亲和孩子。那个孩子四五岁了，在泳池里，臂上明明有泳圈，还紧抱着父亲，连双脚都不敢碰到水似的，像一对挂在枯干的尤加利树上不知所措的无尾熊。

他的父亲看到你，说："看，人家那么小的婴儿，都不怕水。"

我对那个紧张兮兮的孩子说："这边水很浅，不要怕。"

他父亲忽然回答我："怕的其实是我，不是他。"

很诚实的父亲。

孩子对这个世界的偏见，多半是大人们传染给他的。包括恨、冷漠、胆怯、势利、猜忌、自私、看不得人好……

有些人很优秀，有很好的能力，但却永远不快乐，因为他自己带着太多负向压力。

我祈祷，不要在不知不觉中，把我的偏见传给你。我要让你自己发现，这个世界到底有什么乐趣。

如果我真的能够给你什么，我希望，我可以给你勇气。

有勇气坚持，有勇气认错，有勇气乐观进取，有勇气面对未知、处理挫折，有勇气不要人云亦云，有勇气面对不得不的事情，有勇气相信自己的祈祷会被听见。

然而，勇气不是任何人可以给你的。恐惧是人类的本能，而勇气来自于训练与经历。

　　我愿意为你承受所有的痛苦、压力和命运的烙痕，愿意为你挡住所有的风雨，但我知道，我不可以。我不可以因为我的爱，让你失去得到勇气的能力。

　　你和我，为了让你来到这个世界上，一起经过了生死之间的挣扎。

　　克服了种种痛苦，也承载了许多祝福，我是勇敢的，而你也是勇敢的。你通过各种考验和治疗，变成一个健康的孩子。

　　你学走路，我学感恩。我知道今日看你微笑的幸福得来不易。光凭勇气或许不够，还要运气，所以我深深感恩。

倒着活也很不错

我就是一个我行我素的人。没有挑战性
的地方我不去,虽千万人吾往矣。对大家都
可以做的事情,我通常都没兴趣。对自己想
做的事,千军万马挡不住。

亲爱的宝贝:

最近确实是我人生中自我感觉最良好的时候。

看着你学走路、牙牙学语,像一只初生的小兔子在家里蹦蹦跳跳、跌跌撞撞地穿梭,我常会对自己说:啊,我应该是个很年轻的母亲吧,我的孩子还这么幼小。

我觉得你好可爱。一点也不能体会,为什么有的母亲会认为幼儿很烦,"好想把他再塞回去。"

我才不觉得你烦呢。我因你而重新看到人生。我学你呀呀呀呀的说话和胡乱比划,我和你玩一些我以前觉得很无意义的游戏。我们躲猫猫,弹小钢琴,打鼓,在原地转圈,拍手,学习头、手、脚、眼睛和耳朵的位置。我开始喜欢"喜羊羊与灰太狼",而且还努力地思考,为什么小孩会喜欢天线宝宝。

我从来没有机会幼稚和天真。因为我是个姐姐,弟弟才比我小一岁多,我从小就被要求要表现得像个姐姐,从我有记忆以来,我都在装小大人。

你给我机会,让我得以温习在记忆中已经褪色的童年。

当然,在四十多岁才生你,以一般人的眼光是迟了些。

你也不可能在将来享受什么手足之情,你必然是我的唯一了。

有一天我忽然想到,啊,我的人生真有趣,是跟别人倒着活的呢。

很多人都立志,在四十五岁时存够钱、退休,那时孩子都大了,就可以去环游世界。

我已经几乎环游过世界了,到了现在才有一个幼儿。

我去过好多地方。那些大家去过的地方也就不说了。我还去过北非沙漠、北极圈、中东的也门、巴林和阿曼,我到过死海游泳,曾经一个人走在完全没有游客的埃及神殿里,我拜访过印加古文明,而且到过南极。

也曾为了拍摄雪景在零下二十七度时来到东欧的古老小镇。

我知道在海中随着暖暖的海流漂浮是多么畅快而舒适。

我被鲨鱼包围过,也曾与野生海豚和巨大海龟们一起嬉耍。

我泡过死海。因为不信邪,企图在死海中游泳,差点被太咸的海水呛死。

我对京都就像对我家附近的巷子一样熟悉。我到过剑桥读过短期课程，我在巴黎流浪过。

我毫无内疚感地善待自己。三十岁之后我几乎都搭商务舱旅行，我住过全世界最好的饭店、吃过好些米其林餐厅。我也不惜一掷千金买我喜欢的名师家具、古董表。

记得我曾经写过一篇游记：某一天，我一个人在威尼斯闲逛，噢，你将来会知道，一个单身女子在威尼斯乱走，是很容易被忧郁侵袭的。那天，我心情很不好，于是下了船，进了精品店，几分钟内我就买了两个GUCCI包。

因此被朋友挖苦：哇，好大气派。当作家这么奢华对吗？

你管我。我每一分钱都是自己赚的呀。作家难道都要穷酸潦倒吗？

我就是一个我行我素的人。没有挑战性的地方我不去，虽千万人吾往矣。对大家都可以做的事情，我通常都没兴趣。对自己想做的事，千军万马挡不住。

以前的我，并不担心世界末日来临的那天，因为比起大部分的人来说，我虽然不算富有，曾扎扎实实地享受过，而且都在做自己想做的事。

这一点，我希望你也可以理直气壮地过你想过的日子。也许你会选择和我不一样的工作、不一样的人生，但请扎扎实实享受生活。

但某一点可不要跟我一样……说实话，成年之后，我做的大部分的人生重要选择，我爸妈都不知道。

原因有二：一是，我爸自小命令我"只能报喜不能报忧，不然他会睡不着"；二是，很多事，如果我先说了，我那保守而传统的父母，必然不能接受，也一定会睡不着。

拜托，请让我知道，我发誓，我不会因为我的忧心而妨碍你。我尽量……我们可以讨论的嘛……我不是一个会剪断孩子羽翼的妈妈，也不是一个因为害怕孩子飞出去受了伤，就把孩子关在鸟笼里的妈妈。

我自己就是一只不能够待在鸟笼里的鸟啊。

谁说，人生一定要按照一样的规则活下来呢？

我小时候在笔记本里抄过一句话：如果在行进队伍中，有人的脚步和大家并不相同，那是因为，他的耳朵听到了不同的鼓声。

别人家在想退休时，我还在为一个幼儿奋斗，嗯，这种反向操作的感觉其实不差。

彻底爱一个人的感觉真好

> 忘掉悲伤，才有空当看见幸福。我很开心，我们曾经在绝望中一起坚持下去。每次我看到你的微笑时，我都再次确认，你就是我无怨无悔要爱的那个人。

亲爱的宝贝：

有些事情在有了你之后才明白：被爱的感觉很好，但能彻底爱一个人的感觉，比被爱的感觉还好。

年轻的时候，女人都有一种傻头傻脑的矛盾，希望找到一个命运中注定的那个男人，轰轰烈烈地爱他，我们需要的是一种"不求回报"的爱；然而，事实上我们是计较的，希望他爱我比我爱他多，至少多一点。这样才不吃亏。

刚爱的时候不在乎，爱了之后都不知不觉计算起来。要用"爱到无怨无悔"的心始终如一地对待一个情人，真是宇宙中最难的事情。

爱情，包括婚姻。我们都是计较的，要"算起来还划算"，我们才能够度过去、撑过去、感觉幸福安稳地过下去。忽然就有那么一天，我非常渴望你来，生物的本能是奇妙的，当我开始感觉到你的存在时，我就明白你是我命中要爱的那个人，那一切的计较不复存在。

这世界上总有很多"忽然"。从有你之后，我每天都活在洋洋自得的喜乐之中。直到第五个月的第一天，我发现大事不妙。本来和你要一起来到这世界上的妹妹忽然不动了。

这一生我经历过很多事情，生离和死别，对我并不太陌生，我也有足够的坚强去面对这个世界可能的变故，我的哭点向来比正常女生高很多——但是那几天，还有接下来的几个月，我真的好惨，无助的泪水像瀑布，比以前掉的所有眼泪还要多。

而医生说，如果我要留下你的话，我要冒的风险很高，我可能会丢掉自己的命。

之前五个月我还是个很健康的妈妈，一点也没有不适的感觉。但医生的话没有错，高龄怀孕有好多风险。

暗礁埋在我看不到的地方。

最糟的事情来了，这时我发现我还有早期出现的妊娠毒血症。这是什么东西呀？当我 GOOGLE 了它之后，才发现这真是大事不妙。原因不明的高血压。易发在高龄生产第一胎的产妇中。但也未必。只能说……

我抽中坏签的几率比较大，而且确实就抽中了。我像很多发现自己得了癌症的人，第一个问题都是："为什么是我？"

有些医生要我放弃。

妹妹从一开始就比你小很多，只有你的三分之二身长。在第一次照动态B超时，我还看到她不断地用手拨你的脸，你不太高兴地用手臂推开她，背过脸去睡觉。

看起来太可爱了。还会打架呢。

现在想来，说不定当时你们已经开始一场生存竞争。在一个个子还蛮娇小的高龄产妇的肚子里，空间比较有限。

还好我并没有退缩。

我不喜欢退缩。其实我一直是个傻头傻脑的人，如果我要做一件事，天底下谁来唠叨都不太有用。

我不会放弃，因为你的小手小脚还在动。只要我还能呼吸，我绝对不能失去你。除非我失去自己。

你相信吗？我一秒钟也没有犹豫过。像一个已经上战场的小兵一样，我没有退路，我知道最坏结局，我也明白我宁可失去自己。

或许这是注定好的考验吧。在擦干了眼泪之后，只有正视这个事实。

我是这么安慰自己的：其实，没有你之前，我的人生虽然挫折不少，但大多按照自己的意思而活，该去的地方，像南极啊，我都去过了；度过青春期后，我就一直只为自己的想法活着，从我自己开始有收入以来，我对自己挺不错，好日子过得不少，我的遗憾，算起来比这世界上的人类平均少些……我不喜欢无条件投降。

自我解嘲地干笑了两声之后，决定要赌下去。

虽然，我也没有想到，后来出现的状况，真是一波接着一波席卷而来，比我能够想象得还糟。我不想回忆，简单的、轻描淡写的可以这么说：最糟的时候，产前我的肚子里有十几千克的腹水，那些水还不断地在增加，我很像童话故事里那只因为想要吃小羊，结果肚子被放了好多石头的那匹可怜的坏狼，一两个月睡不着，也无法呼吸；产后因为到现在也没人可以解释的后遗症，我的白血球上升到像血癌病人那么高，而血压也高到两百，那些日子的痛苦，想起来还让我心有余悸。

无论如何，出生时好小好小的你也挣扎过来了，你一岁多了，文静，但也很好动，结结实实的。

你是个好勇敢的孩子。

我是一个不想回顾过去伤心事的人。我的记忆里很早就装上了一种"抹掉"的装置，把过去的创伤渐渐删除掉。但有时候，我会被迫要想起这段故事。

好几次，我带着你在外头玩时，不认识的阿姨会问，"咦，不是两个吗？"或者"我也是生双胞胎"之类的。

被这么问时，我的心还是会被狠狠地刺了一下。在一秒钟后，我会恢复平静，因为我明白她们不是故意的。谁叫我怀孕时的新闻闹得天下人都知道呢？人在江湖，多么身不由己。

而行走江湖多年，也得学会皮坚肉硬。

忘掉悲伤，才有空当看见幸福。我很开心，我们曾经在绝望中一起坚持下去。每次我看到你的微笑时，我都再次确认，你就是我无怨无悔要爱的那个人。

就是你，就是你。

千金难买早知道。很多人会说，早点生岂不好？就不用遭遇这么多险阻了。

我不喜欢早知道。我认为，你和我的相遇，是因为机缘就在那个时候才成熟，你选在这一刻到来，选在很多灾难后到来，一定有你的道理。上天一定有道理。

我们要学会记得生命中美好的事，并且给予好一点的解释。

你要记得，你没有出世的妹妹也是因为爱你，才把已经很窘迫的空间让给你。我们都愿意为你牺牲生命。因为我们是这世界上最爱你的人。

如果有人爱到愿意为你牺牲生命，那你就是世界上最幸福的人，所以你一出生，就承载了我们至深的承诺与至爱的祈祷。所有的黑暗都不能为难你，我最亲爱的宝贝，你一定是世上最幸福的孩子。

　　亲爱的宝贝，虽然痛苦非常难以承受，但是我得到的远比失去的多，你教我的也比我能教你的多。你教我，能够彻底爱一个人，无怨无悔地对待一个人，能够被你需要，是人世间最美好的事。

妈妈并不忙

亲爱的，我要给你一千万个拥抱。一亿个亲吻。一兆个祝福。比天上星星还多的祈祷。比大气层更包容的温柔。比黑洞更无法丈量的爱。

亲爱的宝贝：

我是一个很喜欢用自己的方式思考问题的妈妈。

你出生后，我的人生有很多新的发现。

我发现，当祖父母和当父母真的是两回事——这一点应该不用我发现，已经是千古实证，但对我来说，还是蛮震撼的。

你出生时，我的爸妈已经七十岁左右了。他们早已开始享受属于银发族的优惠，常常搭公共交通工具来看你，每次总不忘沾沾自喜地说："我搭车只要半价哦。"

我"意外"地发现，我爸爸是个很喜欢幼儿的爷爷，而我妈妈是个很有耐心的奶奶。

哈哈，你要知道，当我是个幼儿时，绝不是那一回事。

我爸爸很忙。他当时是个英文老师，为了要多赚点钱让一家子的人活得好过一点，他一天到晚都在补习班兼课。我很少听到他对我说话。

我妈妈似乎也很忙，她是个很好的小学老师，在我记忆中，她几乎没有拥抱过我，让我有机会对她撒娇，也没空听我说话，她总是在要求我达成这个、达成那个，或抱怨我没有做到最好，因为我在学校太顽皮而"矫正"我。

还好，有祖母一路照顾我长大。我是祖母的跟屁虫，直到我离家求学前，我都坚持跟祖母睡同一张床。

我看着你的祖父母陪你玩，心里忍不住羡慕起你来，啊，他们在我小时候，似乎不是这样对待我的啊。如果我能够多得到一点爱，一点陪伴，那该有多好，或许我就会拥有一个快乐的童年，不会老觉得自己很孤单。我记得，从很小的时候开始，听到爸妈回家的脚步声，我的心里充满的不是兴奋，而是紧张。

"奇怪，我忽然发现婴儿好可爱，隔一阵子没看到她，我就会很想她。"我妈这么说。"以前太忙了，没有时间陪你们。"

你知道，我一向是个在说话上反应过快的人。我发现，某句话已经到了我的喉头，冷冷的，像一团冻面糊。我想说："拜托，你有我忙吗？"还好，这句话硬生生地被我吞了回去。要不然，年纪那么大还顶嘴，实在很不礼貌。

　　我们这一代的人，有很多人，没有得到足够的爱。不是父母忙不忙的问题，而是爱的方法对不对的问题。

　　他们老拿要求、教训来当爱，打骂来当爱，也有父母声称，给你饭吃就是爱。

　　那个时代，为了生活，一切爱的细节都省略了。没有人教他们，爱要用温柔当调味料，用倾听来加热，才能把爱煮成一碗滋补养生的鸡汤。

　　我们的爱未必比他们丰盈，但比较细致了点，也善于表达了些。

　　亲爱的宝贝，妈妈比起以前的妈妈们，确实很忙。

　　妈妈做的事情很多，对太多事情都还感觉非常新鲜，好有兴趣。

　　我的脑袋里总开着好多个"窗口"，我喜欢同时思考两三件事情。除了大家看得见的屏幕上的工作之外，我还做着好多好多迥然不同属性的事情。

　　这一阵子我迷上装潢与装饰，连家里的灯饰我都自己做；又迷上古董家具，到二手店木料行淘宝总使我满心欢喜。有一阵子我努力地研究外汇趋势和房地产……

　　每天都有专栏稿要写，要做广播也要录电视，有时还有演讲；我对烹饪也很有兴趣，热爱做创意菜肴的实验……

做这么多事，我反而不觉得累，我觉得这样活才舒服。人各有志。

我从来没想过要当一个二十四小时在家照顾孩子的妈妈，因为，若是这样的话，你一定被照顾得不好，而我的产后忧郁可能一辈子都不会好。

我就是一个注定要趴趴走的妈妈。

我想要告诉你一句很有趣的话：不要教猪唱歌，否则你会很痛苦，猪也会很不高兴。

认清自己的本性最重要。

我常说，妈妈本性就是只猎犬，就是要出去追兔子和山鸡的，没有办法在家扮演马尔济斯。

每一个母亲都会因为不能够一直陪伴孩子而有一点内疚，我本来也有一点，但很快地我知道，不必内疚，因为我在示范一种态度。你也是个女人，我希望，你按照自己的方式过活，你要自由成长，不要被这个社会无关人等的众说纷纭所剪裁，变成四不像。

活出你自己，世界上就无人为难你。

我努力地在改善我的时间管理，我尽量把所有的事情做得有效率。我几乎推掉所有晚上的应酬，我不再长时间出国旅游（还好我连南极都已经去过了），只要是休闲时光，我尽量带着你，还有你的祖父母。我想他们一定觉得，这个"千山我独行不必相送，万事我自理从不报告"的女儿，开始"转性"了。（虽然，第一句已经改了，第二句与从前并无不同，我行我素，毕竟习惯了。）

有时我会听见有人问我："你有时间陪小孩吗？"

真是的。（什么鬼问题……）他们太小看我的效率了。时间管理可以很有威力的。我没有失去我的生活乐趣，也没有失去我的梦想能力。因为我实在是个出社会很久的妈妈了，所以我不需要花太多时间挣扎与徘徊，就可以制定我自己的人生决策，不必太担忧家庭事业如何兼顾的问题。（这么自夸的同时，我忽然有点哀怨，嗯，确实从你出生后，我好像没有进过电影院。一个人看电影，是多么美好的孤独啊。）

妈妈并不忙。因为你是我的生活重心，我发誓，当我在陪你时，我就是专心一意、充满耐心的母亲，温柔地陪着你。也许我不是个太会逗幼儿开心的妈妈，我的童谣很笨拙，也说不好童言童语，但我用心在陪伴你。

有爱，时间从来不是障碍。也许累了一整天，但回家看到你微笑的那一刹那，我明白，这是上天给我最好的酬劳。

亲爱的，我要给你一千万个拥抱。一亿个亲吻。一兆个祝福。比天上星星还多的祈祷。比大气层更包容的温柔。比黑洞更无法丈量的爱。

千万不能忘记，我爱你。

因你我重新了解人生，知道一切苦难有了意义，而一切意义有了方向，那就是看着你长大，我内心就饱满。

妈妈爱你，妈妈在你面前从来不忙。

一个母亲的歇斯底里

> 从理性上来说，父母应该要在孩子很小的时候，就要学习放手。慢慢地放，才能让孩子学会，如何在人生做选择，处理自己生命中的大小事情。

亲爱的宝贝：

大部分的文字工作者是多愁善感的，也有一些人是感情脆弱的。我都不是，我是一棵向光性很强的植物。

我相信，多愁善感是无济于事的。歇斯底里也只能坏事。

有了你以后，有时候我还是有一些不太理性的小情绪。

前几天，我参加了一个朋友女儿的婚礼。

我的朋友比我大不到十岁，孩子已经大到可以嫁人了。

那是他唯一的女儿。夫妻俩从什么都没有，到什么都有，经过了几十年奋斗的岁月；唯一的女儿，是捧在掌心里长大的。"我们曾经为了怕她过某一条马路，就把房子换掉，搬到离学校更近的地方。她念哪个学校，我们就在哪里买房子。"

此话说来有白手起家者淡淡的骄傲，也满是痴心父母的心酸。

那女儿知书达理，念的是美国最好的大学，刚念完研究所就决定结婚了。父母的心里一定五味杂陈。

我听着父母在台上致词，眼眶忽然湿润起来。"啊，将心比心，还真受不了这样的沉重。"我对朋友说。

"你发什么疯，你的女儿还不到两岁呢。"

"所以更受不了。"我说："她若也是二十五岁嫁人，那时，我年纪很大了，可能更无法承受这种感伤。"

还好还好，还有很久很久。

当我没有孩子时，"放手"这两个字比较好讲出口。是的，从理性上来说，父母应该要在孩子很小的时候，就要学习放手。慢慢地放，才能让孩子学会，如何在人生做选择，处理自己生命中的大小事情。

身为母亲之后，我明白，"放手"是需要很大的理智运作。而且，与你长大的速度成正比。

有关恋爱和结婚：当我是青少年的时候，我非常渴望父母不要管太多。看过那么多案例，我也很明白，父母越爱管孩子谈恋爱，孩子越会变成愤怒的罗密欧与忧郁的朱丽叶。

但人嘛，换了位子就会换了脑袋，万一，万一有一天，你跟一个我实在觉得很不怎样的男生在一起时，我很怀疑我是否真能挤得出一个宽容的微笑来。

如果你遇到一个想要支配你、让你不快乐的男人，我在想，我一定没有办法容忍，我会对他说："你这小子一定要给我搞清楚，我辛辛苦苦养大我女儿的目的，可不是为了来将就你！眼睛给我放亮一点！"

谁敢欺负你，我应该会变成一个很"凶猛"的母亲。

就曾有那么一次，有一天，大人跟你玩，把你放在肩上，没有注意到天花板上有个尖尖的灯，他竟让你的头把那个该死的玻璃灯罩撞到地上，碎了一地，站在不远处的我吓得脸色刷白。还好，你没有受伤。

惊魂甫定后，我听见冷冷的声音从我的喉咙发出来："请小心一点，我只有这个孩子，谁拿命来赔都赔不起！"

因为我很爱你，所以，我难免有一些歇斯底里，我的脑海里常情不自禁地演着一些"情景剧"。

我希望，随着你的成长，我会好好克制自己。

今夜你在我怀里睡着

> 今夜你在我怀里入睡，你小小的肚子贴
> 在我的肚子上，让我似乎又回到了怀孕的时
> 候，沉甸甸扎实实的负荷。

亲爱的宝贝：

你是个没事不爱睡觉的孩子。

一定要玩到昏倒才肯睡。睡前还有很多仪式：要爬爬书架、看看自己的照片、摸一下电灯开关，还会像打陀螺一样的三百六十度团团转。

你从几个月大开始就不喜欢有人抱着你睡觉。

你喜欢旁边有人，很亲近但不过分靠近。

除非你生病了。

你曾经得过一次严重的流感，发了三天高烧。很早显现出独立精神的你，因为缺乏安全感的缘故吧，连晚上睡觉都要贴着大人，一刻都不能离开，一把你放下来，熟睡中的你也会哭醒。

你的鼻子塞住了，所以我得将身体倾斜四十五度，让你可以顺畅呼吸，一整个晚上抱着你睡觉，第二天，哇，腰酸背痛的程度，让人感觉自己的腰椎好像快要风化掉的枯枝。

腰疼、心也疼，但是也很甜蜜。被你需要的感觉，是会让人上瘾的。那不是正常状况。或是玩得很累了，你才肯在大人的怀里睡着。

今晚我们出去散了步，到附近的小公园玩溜滑梯、吊单杠，你真的累了，本来我们在地板上玩积木，后来，你主动地爬到我肚子上睡着了。

有一种叫作"备受恩宠"的电流通过我的全身。我一厢情愿地想，你一定会喜欢我这张床吧。

你在我肚子上睡着了，我轻轻拍着你的背，轻轻调匀我的呼吸，感觉好像和你又变成一体。像怀孕的时候一样。

好怀念你还在我身体里面的感觉啊。很年轻的时候，我只会想，怀孕应该是很不舒服、很吃力、很不方便、很恐怖吧。

确实，由于年纪太大才第一次怀孕，所以，我经历的恐怖事件还真像一场难以预料的天灾，我们俩都差点送了小命。那些痛苦，我已经不想再回忆了。

话说，肉体上的痛苦，其实是很容易被遗忘的。精神上的折磨比较难。

而我的回忆被岁月训练已久，已经是一个很正面思考的滤网，会自动过筛掉那些不愉快的部分。和你共存在一个身体之中的回忆，现在只剩下一种模糊的美感；我记得我常和你说话，把你当成一个共患难的朋友，我抚着肚皮仿佛抚摸你，我在前五个月还没出问题前，每一天的精神都是很愉快的。

你知道，我从小是个很孤独的小孩，但你住进来的那一刻开始，我从未感觉到孤单过。

医学上，那只叫作荷尔蒙的变化。而感情上，那是一种难以抗拒的改变。

今夜你在我怀里入睡，你小小的肚子贴在我的肚子上，让我似乎又回到了怀孕的时候，沉甸甸扎实实的负荷。

也很像你刚从保温箱出来时，我们一起进行早产儿的袋鼠妈妈治疗，当时你只有一千五百克。我每天到医院去，让你贴着我的肚皮，我们肌肤相亲，我一首一首唱歌给你听。

我唱"我家门前有小河"，唱"一根紫竹直苗苗"，唱《小毛驴》，唱《平安夜》，唱《野玫瑰》。

我唱歌，以止住我的眼泪与担忧，我看着你一天多二十克、三十克，慢慢地长大。回忆起来，那些在绝望与希望中挣扎的岁月仍是美好的。我们一起奋斗过。

今夜，我恍恍惚惚和你一起睡着了，但我是个神经很敏感的妈妈，只要你一动，我就会醒来。我睡得很不安稳，但是我很幸福。

没有你在身旁的夜晚，

仿佛有人，用剪刀剪去我的某一块灵魂。

让我忆起，

有你在时，我的幸福是如此喧闹且美妙的沸腾。

你知道，我从未如此思念过一个人。

辑二

遇见更好的自己

遇见·亲爱的宝贝

最重要的是爱的过程。我们爱过的，
在这宇宙之中，我们虽是不同物种，
但互相给过温暖与温情，那就足够了。

感谢所有的无聊与厌烦

> 厌烦中也存在着一种召唤，我是这么相信的，只要你在慌乱烦闷中，仍然愿意用心听自己的声音。

我的人生阶段很奇妙，全由意外组成。归纳上半辈子，我企图改变人生的动力来自于两个方向：一是无聊，二是厌烦。

这样讲似乎有点消极，却是坦率之言。很小的时候我最崇拜的就是孙中山，他说要"立志做大事，不要做大官"。我很想立志做大事，但要做什么呢？我生在当时连公共汽车都没有、只能靠自行车和摩托车当代步工具的乡下小镇里，从小就希望自己赶快长大，脱离这种无聊。

总是莽莽撞撞的我，在小时候其实不知道自己想要做什么，只是不想活得一事无成。我会成为一个作者，最初是因为无聊。

那时我的腿被自行车绞烂了。那是一个意外事件。表哥来载我放学回家，我打了瞌睡，脚卷进单车里，烂成一团，乡下医生宣布我的脚筋断了，要跛一辈子。

那是我最能感受父母之爱的时期，他们对我忽然温柔起来，卧床期间我常有苹果吃。当时虽然很痛，但我还觉得这改变很不赖。

小孩子很好，完全接受现实的灾难，当时的我完全不会怨天尤人。刚开始有好几个星期，不用上课，更让我乐歪了。伤口缝合了，却不断流脓，感染再感染。有一年的时间，我的左脚脚踝上都缠着纱布，用右脚跳来跳去。

因为不能够再去玩，为了驱走厌烦和无聊，我只好开展静态的活动——看书。那一段时间，我看完了学校图书馆里所有的青少年童话书，如《爱丽丝梦游奇境记》，不是那么适合儿童看的《包法利夫人》，所有的白话儿童版历史故事如《三国演义》及《七侠五义》等，甚至还可以把我妈的《妇女月刊》《影剧画报》和《傅培梅食谱》以及各种言情小说中的文字背起来。

我当时应该不到十岁。现在想来，这段受伤的时间真是我人生的文艺复兴启蒙期。

慢慢地，我奇迹般地康复了，也没有成为长短脚。除了巨大的疤痕之外，身体完完全全好了，只有读书的习惯留了下来。对一个孩子来说，读书当然比不上去外面跑跑跳跳有趣，但因为长期跑跳不如人的缘故，我索性躲进自己的内在天地。

那一年我看了很多书，自认写这些故事应该不难，于是买了稿纸，写下了我人生中第一篇投稿的文章，叫作《我最难忘的一件事》，说的就是腿被绞烂的心路历程。

内容悲惨的文章确实比较容易赢得同情。当第一篇作品刊登在报纸上，全校都可以看到时，虚荣心真的得到了满足。我还领到人生中的第一笔稿费，那是这辈子靠自己能力赚到的第一笔可观的钱。虽然，后面大概有一百篇稿子，像石头丢进海里一样没有任何回音。

我在自己建造的书的世界中过了一整年，"复出江湖"后，个性有很大的改变。我变得和原来的世界格格不入，看看周遭的大人的生活，没有一个人过着我会向往的日子。

书中的人比较好，讲的话与道理我也比较能接受。最糟糕的是，我忽然发现我同年龄的同学讲话实在太幼稚了。我也常在课堂上反驳老师，说老师讲的不对。这使我变成倒霉鬼，因为我妈认为这种没有礼貌的行为是该修理的。

没有人了解我，我也开始躲避现实世界，只能拼了命地在书中找慰藉。初二那一年，我把小镇里仅有的两家书店里的书都看完了，大概只有文言本的《金瓶梅》我看不懂。

这怎么得了？太无聊了，我一定要脱离这里才行。

有一次爸爸带我到台北玩，我发现重庆南路是一条大书街，而离它最近的学校，就是北一女。那时我刚好看了朱天心的《击壤歌》，写北一女三年的日子，哇，怎么那么浪漫有趣？

"我一定要去读那里。"我在周记里如实写下我的愿望。那时很鼓励我也很纵容我的指导老师请产假，代课老师看到我的愿望，用红笔在上面写道："不要做白日梦。"那个年代，并不盛行爱的教育。

当别人说你不可能时，你都有什么反应？

当大家都看轻你时，你会怎么看待自己？

或许这是天生的不服输的能力——当全世界不相信你，而你相信自己时，那你就去证明全世界是错的吧。我一直是这种个性。

那一年我还不满十五岁，在不太被祝福的情况下，我坚持一个人离开家乡到台北读书，考上了北一女。住在宿舍里的生活很艰辛，不过，我看了更多的书。

之后的求学经历非常顺畅，但充满大转弯。我看了美国一个伟大的律师的传记《丹诺自传》，忽然决定填法律系当我的第一志愿。念了法律，我认为人类世界订立的规章实在无趣，为了躲避这种无聊，我去念了中文研究所。毕业后我发现做学问或当老师也很无聊，所以我去当记者。

以上工作很多人会认为很有趣，但我主观上觉得很无聊，无法长久胜任。像我这么怕无聊的人，后来会跑到娱乐业来，推算起来也很有道理，因为我不是一个可以在体制下或规章下、笼子里或轨道上活得很快乐的人。

遇见
亲爱的宝贝

比起安定，我宁选刺激而危险。

无聊是伟大的推进力量，因为我无法坐困于无聊，也无法跟厌烦纠缠，我只得找出路。只要有一条有趣的新路呈现在我面前，我就会想去走走看。

我感激所有的无聊，虽然我不喜欢它。厌烦中也存在着一种召唤，我是这么相信的，只要你在慌乱烦闷中，仍然愿意用心听自己的声音。

如果不是因为有几年的时间很无聊，我大概也不会那么积极地想到，我应该要有个孩子吧。

有了孩子没多久，我忽然对工作产生了巨大厌烦——厌烦了被注视，厌烦了只是在城市。我决定要做点不一样的事。

一切都因无聊而开始，于是，好动的人开始寻找新玩意。

这一刻，就开始过理想的生活

> 当你喜欢一件事，那就不叫工作，叫作享受，享受不一定要躺在沙滩上晒太阳，不一定要什么都不做。

"我好想……只可惜没时间，等我退休就可以了。"自从有"上班族"这个名词以来，这么说过的人应该是大多数。

根据统计，只有百分之三的人真的在退休后踏出实现梦想的第一步。其他的人，直到从世界退休的那一天，都还没有做自己想做的事。理由不是时间不够，就是钱不够。

我个人认为前者是托词，后者比较困难，但如果真心想做，仍然可以克服。怕的是，真的退休的人，又怀念起以前死命为生活工作的日子，因为至少那时他感觉到自己是个"有用的人"。

"等我退休"是个借口。大部分人退休后的日子并不美好，那时候，人的体力已经日薄西山，就算能够环游世界也要带着医药箱。

我们一定要等到体力都没了，才勇敢做我们最想做的美好事情吗？

如果我们的理想已经龟缩了一辈子，你认为，老的时候我们会忽然孵出勇气来？

你认为，我们六十岁或六十五岁之后，真的能够心无旁骛、两眼发亮、充满动能、不顾一切地从事梦想中的工作？

才怪。这个退休逻辑有点怪异，它只是安慰剂。所以，"退休"这个词，根本付不起我们的需要。

一定要断然用退休划分我们的人生吗？并不。小孩满半岁后的这一千天，我非常认真地进行我的半退休实验，朝着一个目标前进，完成了许多东西。虽然也犯了许多错，交了一些学费，但我觉得还不错。

半退休半工作的日子很不错，但愿我可以活多久享受多久。是的，我永不真正退休，我喜欢自己的舞台，喜欢完成某一件事情。当你喜欢一件事，那就不叫工作，叫作享受，享受不一定要躺在沙滩上晒太阳，不一定要什么都不做。

创造，让我非常享受，胜于一顿美食

> 创造是一种快乐，解决问题也是一种快乐，这两者都是活着的时候才能享受的快乐。

我从很小的时候就很喜欢写作和画图，曾经想过念建筑系。后来弃难从易地选择念文科，因为当时若念理工科，要考上公立大学，我恐怕没什么把握。若考上私立大学，我大概可以猜想得到，我在拿到学费之前，应该会被修理到心灵受伤的地步。

有一大段时间，我的主要创造力放在写作上。最近我看了《快思慢想》这本书，才发现原来一个人要长期地写作，需要非常高的自制力。难怪常有人问我说，为什么我那么忙，还有时间写稿。

对我来说，写稿并不是太难的事。因为我花了超过二十多年的时间，每天平均写一千五百字左右，写久了就容易了（当然，容易了也有另一种问题，就是寻找突破变得不容易），重要的是，我把它当成快乐的事在做。

一般人视写作为苦差事，我并不是，从小学开始，我最喜欢上的就是作文课，不管写什么题目。那时候，不必再假装自己很专心地在听老师上课，我可以悠闲地写字，编一个故事，造一些句子，这是一个自己和自己玩的游戏。

我的本质可能有点孤僻，自己和自己玩，通常玩得很有趣。我喜欢写作就跟某些律师真的喜欢打官司、某些建筑师真心喜欢盖房子是一样的。

创这个业，确实帮助我实现了未完成的建筑梦想。我想要盖自己想住的房子。小熊书房之后，我就开始慢慢地渗透进装潢设计里。修小熊书房神农店时，我只能向设计师陈述概念；然后，从粉红屋开始，我参与了一大半的设计。接着，胆子愈来愈大了，粉蓝屋从毛坯屋之后，一砖一瓦，任何一个小摆饰，到庭园里的一草一木，我都自己当起工头，或是劳工。我已经看得懂估价单和水电配置图，知道哪一份估价单是人家把我当凯子。甚至，连墙上挂的油画和贴画，都是我的创作。

我很喜欢画图，但这十多年，并没有太多时间画，因为画油画是一件有点麻烦的事，光是洗笔，我就很伤脑筋。小孩出生后，我完全不可能也不敢把画箱搬出来。事实上，由于画画需要比较长的准备时间与空间，过去这二十年，我平均每年只完成一幅画。

某个机缘，我忽然喜欢上自己到布庄买贴画这件事。它比较容易在小孩睡觉时进行，也比较容易把场地收干净。粉蓝屋就充满了我的贴画创作。我把我的小孩变成了一只小熊，开始用贴画记录她的成长，小熊上体操课，小熊骑马，小熊玩车，小熊去郊游，小熊自己吃饭……愈做愈起劲，愈做愈多，我还常跑到 IKEA（宜家家居）的特卖室，去看看有没有打折的木门或画框，可以当成我的画布。

有半年的时间，孩子睡着后，我把第二天要准备的资料都读完了，就开始贴画，把脑袋放空。甚至，一边哼着歌。贴得累了，就去睡了，或者是因为睡前放空的关系，我总能睡得很好。白天的压力因而放松了。

那段时间其实是我主持工作最忙的时间，我的手上足足有四个从周一到周五的广播和电视节目。每个节目都有每个节目的问题，为了把节目做好，我像极了一只不断喘气的狗。

贴画帮助我放松。虽说是放空，其实，在放空的同时，我可以想到许多问题的解决方法。人只有在最自在最没有压力的时候，才能真正进行比较理性的判断吧。对于我来说，当我可以在没有人打扰的状况下使用右脑（感性与创造力）时，我的左脑（理性和思考力）才能够运作自如。

为什么会有那么多时间？一个人如果一直有这样的问题，一生都会被没时间所困。我们应该改变问题的问法。

其实，只有两个要诀。第一，你必须先喜欢做这件事。真的喜欢做，就会像赌徒舍不得不上牌桌一样去做它。（还好，我对于赌博没有太大的兴趣，因为决定输赢的并不是我，而是运气。）如果一件事，你可以将之做到可操之在你，并且得到成就感，你就不容易放弃，再忙都会挤出时间。

第二，改变你对问题的想法。不要去想"我怎么可能会有时间？"，而是想"我在什么时候会有时间？"

我看过不少人，尤其是我认识的年长女性们，在碰到一件事情，或想做一件事时，第一反应都是"不可能"，想出各式各样的障碍自我阻挡一番，往往在还没有真正行动时，就打了退堂鼓，用其实还算顶聪明的脑袋，大半辈子从事着"自我毁损"的事。

或者，在遇到一个难题时，还没有问自己该怎么做，就像一只春日早晨的亢奋的蜜蜂一样，匆匆忙忙地问着一群不相关者的意见，耗费了许多时日，因而在人生中，自我的完成度非常有限。

积极的想法的确重要。一个人如果会一辈子失败，通常他的挫折绝对不是来自于他人的不断打击，而是自己对自己的不断毁耗。

"我想我应该可以"，通常，当我的脑袋里出现这个想法时，我就开始动手了。动手后，就要有弹性了，遇到的困难不会少，山不转路要转，有时要转好多弯，才能到达目的地。

创造是一种快乐，解决问题也是一种快乐，这两者都是活着的时候才能享受的快乐。

我们都倚靠伟大的女人

> 伟大的女人，总有一段挣扎的故事和可
> 歌可泣的历史。如果我能，我期待你的人生，
> 为自己活，别做伟大的女人。

亲爱的宝贝：

我问自己，这一生，如果我能有一点点小成就，活得还算不错的话，我最该感谢谁？

答案一直是，我的祖母。

我的祖母今年九十六岁了。

我的祖母，你的曾祖母，在我很小的时候，还好有她，我才能平安长大。

我从小就觉得，我不能没有祖母。虽然，我出生时，她还不到五十岁，但当时我以为她已经很老了。所以，我在很小的时候就经常夜夜祈祷，请把我的寿命分给她，我不能没有她。

在她的那个年代，她是一个不简单的女人。她虽然没有谋生能力，也没有钱，却想尽办法让我的父亲读书，我的父亲最大的专长就是念书，念了大学，还出国留学。

她对我也很好。她不曾重男轻女。她总把鸡腿留给我吃。她沉默寡言，很少说什么甜蜜温柔的话，但我一直知道，她不曾偏心地对我好。她一直期待我做个有出息的女人。

我不能没有她。她是我的避风港。我多么感谢，无论如何，她是在的。

上天好像听到我的祈祷，祖母到了九十五岁，身体检查的报告还是很健康。然而，人是抵抗不了岁月的。年纪大了，渐渐会失去一些机能。我的祖母已经遗忘了许许多多的记忆、走不动了、听不见了、说话颠三倒四、睡觉的时间比醒的时间长。幸运的是，她还认得我，可以清楚地喊出我的乳名。

上次我回去看她时，她已经退化成一个幼儿。她一直在鼓掌唱着她小时候的日语儿歌。

很多人看到老人的退化，会有些伤神。的确，是有一点，但我的想法和其他人并不很像。我觉得，在我们老了以后，上天渐渐夺去我们清楚的心智，其实不是诅咒。

当我们苍老，渐渐无法再有新的梦想可以追求，我们渐渐无法灵活活动，渐渐被病痛缠身，那么，我们若清醒明白地活在现实世界中，或许才是一种折腾。

我的祖母退化为孩童，或许是一种祝福。

我的祖母是个伟大的女人。她永远牺牲自己照亮别人，她服从命运，没有谈过恋爱，依媒妁之言结婚，婚后无法倚靠婚姻得到幸福保障，但她咬牙苦撑。就算物质生活不成问题，她也很俭省，从来没有给自己买过任何值钱的东西。

你很幸运。你也有很好的祖母——我的婆婆。

说实在的，我没有当母亲的经验，而你又是个早产儿，连医生都担心会有一些并发症出现。医生曾警告我，有的早产儿连吃奶都会吃到忘记呼吸。你回家时只有两千多克，我实在很紧张，生怕有什么问题，吃不好睡不好，如果不是祖母住过来，帮忙带你，我就完蛋了。

你的祖母是辛苦过来的，自己也做过生意，所以她非常明白职业妇女需要无后顾之忧。

曾经，她在早上发现你微微地发烧，因为眼看着我必须出门工作了，她竟决定不要告诉我，再观察看看。她非常冷静和稳定。我曾跟她说，好可惜，如果不是你的妈妈不让你读书，你绝对是个做大事业的女人。

如果不是她，我无法仍然驰骋职场，继续做我喜欢的工作。是她全心照顾你，使我无后顾之忧。

你的祖母虽然不曾上过学，但是非常慎谋能断。她很明理，很坚强，很体贴，很有自己的看法，也很能体贴别人。

不过，她跟我的祖母一样，做什么事，几乎很少想到自己，想到的都是父母、丈夫、子女。她们从不在乎自己能享受什么、拥有什么，做牛做马，只望成全别人。

　　亲爱的宝贝，我非常尊敬她们，也知道我的自私甚过她们百倍，而持家能力不到她们的百分之一。

　　但是，孩子，我一点也不期望你像她们一样。这是一个母亲的自私，知道吗？别做伟大的女人。伟大的女人，总有一段挣扎的故事和可歌可泣的历史。如果我能，我期待你的人生，为自己活，别做伟大的女人。

我祖母教我的真理

> 一个人会不会被人敬爱，并不取决于他的权力，而取决于他的行径。这世上有许多东西，胜过言语。

亲爱的宝贝：

我是祖母带大的。我母亲生我的时候还很年轻，刚好是我生你时年龄的二分之一。

我妈是个很忙的老师。所以祖母接下教养孙儿的重任。

很多人说，隔代教养是有问题的。

千万不要相信大多数人相信的话。因为有原则就会有例外。这会因人而异。我的祖母够成熟。

现在，她已经九十六岁了，在她的年代，很少人受过教育。

她受过日式教育，是个客气、好心，知书达礼又没有心机的女人。

至今我还是非常感谢，是她带大了我。你知道，年轻时的母亲，因为生孩子太容易，也太容易堵塞她的快乐，所以她通常不会太有耐心。

我的祖母对我很有耐心，且除了无条件的爱外，还有无条件的耐心。

虽然，她太能干了，使我变成一个不太贤惠的女人。

但我可不认为不贤惠是我的缺点哦。我到现在还认为，不管是男人或女人，都应该把他的能力用在他最适合的地方。如果你擅长盖房子，那就去盖房子，别花时间把自己家里整理得一尘不染，那自可以找到有专长的人会替你做。

这是一个分工的社会，谁说女人家里的事都要会？如果你有你专长的事，对你不会的事一定要理直气壮。为什么什么事你都要会呢？

我的祖母是一个很棒的人。在这世界上我最尊敬、最爱的人。

她给我的"家教"不多。都不是言教，而是身教。简单归纳只有三点。

一，做人要有礼貌。

她最不喜欢"粗声大气"的女人。这句话的意思是说，不要太粗鲁，可以小声说话就小声说话吧。这是教养问题，你没有资格干扰别人。

二，做人要靠自己。

我祖母的婚姻并不幸福。婆家待她相当吝啬，她的生活窘迫，而当年的女人没有工作机会，也不太有谋生能力，她连让孩子吃饱，都要靠自己的力量。她学做裁缝，赚取微薄的工资贴补家用，丈夫不让孩子（就是我爸爸）读书，但她却用自己的力量让儿子念了大学，还出国留了学。

我的祖母从不重男轻女，她对我有很深的期许，所以我知道，一定要做个有用的人。

三，要有爱心。

我十岁以前，有个印象是极深刻的。祖母常背着她吝啬的婆家，给附近的乞丐或别人口中的"疯子"一碗热腾腾的饭吃。她心肠好，也会救流浪的小狗小猫。我对小动物的爱心从小承继于她。

我的祖母得享高寿，在九十五岁的时候，她仍然笑口常开，健康检查报告比我还好。我一直相信，好人有好报。

一个人会不会被人敬爱，并不取决于他的权力，而取决于他的行径。这世上有许多东西，胜过言语。

人格特质最重要。

我的祖母现在已经有点老人痴呆的倾向。但我相信，这是上天赐给她的礼物。上天让她的记忆披沙拣金。她忘记了很多不必记得的事，只记得一些单纯的人事。所以她仍保持着她的快乐。

还有还有，不管命有多坎坷，不做一个逢人就吐苦水的女人。

如果那件事情不好，那有什么好记得的呢？

樱花树下的爱

最重要的是爱的过程。我们爱过的，在
这宇宙之中，我们虽是不同物种，但互相给
过温暖与温情，那就足够了。

亲爱的宝贝：

在你之前，我有五个孩子。

它们分别是BUBBLE、阿宝、妹妹、卡啡和狐狸（排名按年龄排序）。

它们都是猫。

妈妈从小就很喜欢猫。猫，如果你好好对待它，它们会是天底下最
善解人意的动物。

每一只猫，都是我从小养大的。说实在的，我不是个细心的主人，
只能和它们共存，并维持着它们的基本清洁，让它们不愁饿肚子。但从
另一方面来说，我还算是个好脾气的妈妈，我几乎没有对猫大呼小叫
过（对人偶尔还曾大声咆哮一两次），因此它们都是很有安全感的猫

——温驯、内向、不会攻击别人、懒洋洋的。我和它们像家人或家具一样，在一个屋檐下，一起安居乐业。

虽然没有太殷勤呵护，但猫并不常生病，对猫族来说，它们已经活成老先生、老太太了。有人说，猫的一岁约等于人的七岁，那么，我们家最大的BUBBLE（其实它的学名叫作"梦幻泡影"，很有佛学意味吧）已经一百岁了吧。

它还很硬朗，很固执，很爱跟我抢东西吃。

我要告诉你的是阿宝哥哥的故事。

阿宝是全世界最好的猫。人家说，人有五只指头，都不一样长，你虽然都爱，但总会偏疼一个。我对阿宝确实如此。

记得村上春树有篇文章写到它家的猫，文中说，它养过很多猫，虽然每只都很有感情，但大概四五只猫中才有一只猫让它有"中了"的感觉。村上春树没有太详述什么是中了的感觉，但我大概可以意会。

阿宝就是有中了的感觉的猫。

我们家的猫中有三只是你的哥哥。都是黑的。因为黑猫被视为不祥，没有人要，所以妈妈养的都是黑猫。以前我还认识一个很残忍的兽医朋友，它会打电话给我说："喂，我这里又有一只卖不出去的黑猫，如果……如果你不来领走，我可要给它安乐死哦。"

所以我有三只黑猫。不是黑色的猫都是母的，都是你的姐姐。

阿宝是一只胖胖的黑猫。它的体形硕大，按人来说，应该是1.8米的猫了吧。

它从小很顽皮，比其它的猫多了一点体味。它的脸很可爱，圆圆憨憨的，鼻子塌塌的，它的眼神好亲切好纯洁。

它像狗一样，一叫它，它就过来了。它喜欢磨蹭你，要你拍拍它的腰。

有好长一阵子，我一个人和五只猫一起住。它总是盘在我的头边。在寒流来袭的夜里，它会抱住我的头，我做噩梦时，它也会因我的呼声徐徐走过来，给我一些温暖，好像在告诉我：不怕，我在。

我记得，有一次，不知道遇到什么事情（我对人生中发生过的灾难，记忆力都不佳，只要过了几年，它们就会不知不觉被删除掉），我回到家，委屈地哭了。阿宝似乎能够感应到我的情绪，它慢吞吞地走到我面前，用它刺刺的猫舌舔我的手。

那一刻，我看着它，它看着我，我知道我不是孤单的。

亲爱的宝贝，我一直是个爱动物的人，它们给我的比我给它们的多。

我的朋友都知道，我是一个很少诉苦的人。我怀着你的时候，本来一直是很快乐的，到了第五个月之后，我的身体出现了问题，没有一个晚上是睡得着的。有好几个晚上，我梦见自己身处第二次世界大战的战壕，战壕里有无数尸体，我喘不过气，全身僵直地醒来，仿佛木乃伊，半夜惊坐起，四下无人，还好，我有阿宝暖暖的拥抱，它用无声的言语安抚着我。

它扮演了最忠实的朋友与看护的角色。如果没有阿宝，我不知道自己是否能如此坚强而且稳定地撑下去。

你出生了。你在医院住了两个多月。你健康出院了。你越长越大，变成一个顽皮的孩子。

你长在一个有猫的家庭，你对它们并不好奇，只是把它们当成会动的家具。你企图抓它们晃动的尾巴，拔它们的胡须——这是猫的地雷区，一般的猫会很生气，会迅雷不及掩耳地回过头咬你。但你的哥哥姐姐们只是无助地抗议两声，希望你住手。它们知道，你不是故意的。

你越长越大，得了慢性肾脏病的阿宝，越来越虚弱。有一天，它站不起身子来，我送它到医院住院。医生说，猫老了，很棘手，万一不行，可能要洗肾。阿宝走的前一天，我还去看过它。它不像其它病猫那么爱发脾气，只是静静地躺在我膝盖上。我和它说了一会儿话。

第二天，它走了。我哭了。它很伟大，它知道你很健康而我很好，我有你为伴，它的责任了了。我知道，这十多年来，不是我照顾它，而是它照顾我。

慢慢的，你一岁半时，已经学会温柔地抚摸猫了。我为阿宝选了一个基督教的葬礼，将它葬在淡水的樱花树下，它会知道，我如何感激它。

动物会比我们早走，很多人怕伤心，所以不敢养它们。我当然也怕伤心，但是，我不会因为害怕，就不去爱。最重要的是爱的过程。我们爱过的，在这宇宙之中，我们虽是不同物种，但互相给过温暖与温情，那就足够了。

怀念我美丽的单身时光

> 没有你在身旁的夜晚，仿佛有人，用剪刀剪去我的某一块灵魂。让我忆起，有你在时，我的幸福是如此喧闹且美妙的沸腾。你知道，我从未如此思念过一个人。

亲爱的宝贝：

很多女人，是因为讨厌单身的孤单才结婚的。

也有很多女人，是为了想要生孩子才结婚的。更多女人，是为了传宗接代的理由才生孩子的。

啊，我都不是。

我多么眷恋我的单身时光啊。从来，我就是一个很享受一个人生活的人。不用等待任何人，我就可以到任何地方；不用任何人的允许，我就可以做我想做的事。

我很享受一个人在咖啡厅里静静地喝一杯咖啡，发呆；我也可以一个人在深夜里喝着红酒，写稿，让我的手指在计算机键盘上飞舞，像一个想象中的钢琴家。

我一个人看电影。一个人背着背包旅行。一个人赏花。我从来不觉得孤单。一个人时，反而我的脑袋十分嘈杂，我可以心无旁骛地听着心中的好几个"我"争辩和说话，那已经是一个此起彼伏的交响乐团。

我怕吵。我不太合群。连婚后我也仍然是个享受单身的人。

十年前的我觉得养只猫人生就满足了，一定想不到我会有个像你这么可爱的孩子。

大多母亲都吃了一种由上天调配的迷幻药，有无可救药的主观，认为自己的孩子是全世界最可爱的。我也未能免俗，亲爱的宝贝，连你发出无意义的呀呀声，我都觉得是天籁。连你哭泣的夸张的样子，我都觉得美极了。

这世界上让我感到满足的一件事是：你喜欢我。总是用"啊，我好喜欢你"的微笑来迎接我，看到我会尖叫欢呼。你会安安静静地赖着我，靠在我身上，自己玩自己的东西。我很享受这样的时刻，全世界为我们变得宁静而柔和，所有的不快都因你变得模糊，所有的动荡都因你而平安。

如果你觉得我还算是个不错的母亲，我想，这得归功于我度过很长很完美的单身阶段。我是个很甘愿的母亲，我玩够了、走遍了、看多了、该有的都有了、该痛的都痛了、该享受的都享受了。所以我明白，所罗门王的宝藏比不上清晨的一朵野百合花，而你正是我的小小野百合花。

因为你我真正放弃了我的单身时光。我没有一点懊恼。从不觉得你是我的负担。反而，因为你我觉得我可以走更远的路。

但是……但那一个周末，你跟祖父母回宜兰，我周日有工作，只得在晚上离开你，回到台北。回到熟悉的家，一种奇妙感觉冲击着我。啊，我竟在这个晚上，捡回我曾经非常熟悉但如今已经变得陌生的单身时光。

这些日子以来，你每天与我缠斗到一两点才入睡，这个晚上你不在身边，我的第一个感觉是：哇，怎么这么悠闲啊。生活中那个"留白"的部分忽然出现了。

要先做什么好呢？躺在鱼池畔看一本书？约朋友来家里吃宵夜？喝一杯红酒畅快地写一篇稿子？什么也不做，舒舒服服躺在按摩椅上享受？打开电视看一部电影？

在我单身生活中习以为常的这些事，在这段时间忽然变得好奢侈。你出生后，包括写稿，我都是在工作场所附近的咖啡厅里完成的，因为你总争着和我一起打计算机键盘、抢读我手上的那一本书，你会指挥我去这里去那里，扶你玩爬楼梯的游戏。

我美好的单身时光啊，为什么变成皇冠上那颗宝石？

最后，我为自己慢条斯理地煮了一顿宵夜，雪花猪肉加日本茼蒿加金针菇，淋上一点醋和酱油。我开了一瓶 2003 年的法国红酒，放了美国诗人麦克昆的 CD——LA MER，我静静的温习着旧日多到满出来、但今日显得物以稀为贵的单身时光。我的眼眶却因为你而模糊。

我好想念你。

我好想念我的单身呐。但我也好想念好想念你。没有你在身旁的夜晚，仿佛有人，用剪刀剪去我的某一块灵魂。让我忆起，有你在时，我的幸福是如此喧闹且美妙的沸腾。你知道，我从未如此思念过一个人。

很少做菜的妈妈

> 我不喜欢强迫你。一个被强迫吃东西的孩子，是不可能发现食物的美味的。吃饭是人类最幸福的事情，不可以变成委屈。

亲爱的宝贝：

我是个很喜欢烹饪，但很少做菜的妈妈。

我一直觉得我对煮菜是有天分的。当然啦，那也是因为，我是个自我感觉一向很良好的妈妈。

九岁的时候，我就发现做菜不是一件难事。当时，家里的藏书很有限。最有趣的一套就是《傅培梅食谱》。

我和弟弟们常常一边啃着我们童年的最爱：馒头夹辣椒（啊，想到这一道菜，我忽然有点心酸，那真的是我们童年最美味的食物啊。家里的东西大部分都是水煮的。对孩子而言，索然无味。我们很不爱吃正餐。这个吃法是我弟弟发明的。如果再煎一个荷包蛋夹进去，那就是更难得的美味了）。啃着啃着，一边看着色泽丰富、做工细致的《傅培梅食谱》以疗饥。在我还是中学生的那些无聊的暑假里，我常带着弟弟研发菜肴。我很早就会做葱油饼和黄金咖哩饺。

厨房变成我的实验室。我一向不是个按牌理出牌的人，是个不太遵守固定配方的学生。我会自己研制一些意想不到的食物。比如说，有一道菜叫作炸蛋。把蛋穿一个小口，把加了面糊的奶油千辛万苦地倒进去，然后，放进沸油里去炸——结果可想而知。蛋当然炸掉了，成为我们童年最难忘的小小恐怖回忆。

我从来没有排斥过柴米油盐酱醋茶（虽然贤惠两字跟妈妈的"屏幕形象"一点也不相符），但是我更热爱书画琴棋诗酒花，而且很固执地认为人生不应该花在很多人觉得女人应该要做的事情上。所以，在你出生以前，我大概一年煮不了一顿饭。

你出生之后，我尝试要捡回喂饱你的能力。在你可以吃副食品之后，我开始变成一个"粥大王"，我买了没有任何漂白的小鱼、号称没有任何污染的昂贵土鸡，为你煮粥、做茶碗蒸。刚开始，你确实也还蛮喜欢的。但后来你真的也让我发现了三件事：

一、的确有人是天生挑嘴的。

二、喜新厌旧乃人类之本性。

三、有人天生食量小。

吃了小半碗后，你通常决定不再配合。你竟然很早就学会，当你不想再进食时，你都会很决绝地自己拿起奶嘴，塞进嘴里，把眼神彻底地从食物移开。仿佛在说："够了够了，我宁愿咀嚼这个塑料玩意儿，你知道了吧？我是不能被强迫的。"

我相信，看一个人面对食物的态度足以了解他的性格。你就是个超级有主见的孩子。

然后，一切食物我只能求爷爷告奶奶请他们把它收进肚子里。大家都说很好吃啊……真的真的……

我不喜欢强迫你。一个被强迫吃东西的孩子，是不可能发现食物的美味的。吃饭是人类最幸福的事情，不可以变成委屈。

反正我不是一个自尊心容易受损的妈妈。

内疚是妈妈的敌人

> 所有妈妈的敌人都是内疚。但内疚是世界上最没有效率也最没有助力的一种情绪。妈妈努力在打败那些被电到的感觉。

亲爱的宝贝：

妈妈把能够陪伴你的时间，都拿来陪伴你。但是，还是有很多时间，不在你身边。

我是个自由工作者，所以能很好调配自己的时间。我把录像时间都调配在某三天内，在周六、周日尽量带你接触大自然，我面对许多邀约和稿约的回答，都是"不好意思，我很忙"。

我很忙，因为陪伴你也放在我最重要的时间表内。我没有办法答应别人多出来的要求。

我好像真的很忙。因为你还幼小，不适合在某些场合出现。在你出生的一年多里，我只看过一场电影；没有吃过火锅（因为幼儿实在不适合出现在火锅店），几乎没有和朋友在美妙的夜晚把酒言欢过，没有离开台湾超过四天。

你知道我爱你。所以我没有抱怨。然而，尽管如此，自认为不太容易被软弱侵袭的我还是偶尔会被"内疚感"电到一下。

录像时，总会有人问我："你老是在录像，那你的孩子谁带啊？"

"我婆婆啊。"我虽然理直气壮地这么回答，但还是会被"电"了一下。

好像是我没有尽到母亲责任似的。也许，是找想太多了。

你的爸爸比我还忙，但我相信，一定没有人问过他："你都在工作，你的孩子谁带啊？"

大概也许会有人这样问吧："你太太那么忙，她有时间带小孩吗？"

没办法。这个社会目前的规则是，带孩子是母亲的天职，不是父亲的。一个在外东奔西走的母亲，总是会被质疑。

我的内疚感还不止于此。有一次，没有把你的尿布包紧，结果，你的裤底湿湿的，我发现后，一直骂自己笨蛋、白痴、傻瓜。虽然，你并不在意，仍然开心地爬上爬下。

妈妈真的不是一个擅长做家事的细致妈妈。

以狗来做比喻的话，妈妈是只猎犬。不是可以养在家里的玛尔济斯。

猎犬若变成玛尔济斯是很惨的。

我有个朋友嫁到日本去。她是个事业上的女强人，但也在职场打滚多年，有些倦了累了，当她遇到日本来的一个好男人之后，她下定决心，要跟他回国当贤内助。很快地有了孩子之后，她专心一意地当家庭主妇。

过不到一年。她得了忧郁症加恐慌症。丈夫提供她足够的经济支持，让她可以像其他日本太太一样全天候带孩子、逛街购物，但她却变得很不快乐。她发现自己竟然会失控地对孩子大吼大叫……

她写电子邮件给我时，总是很灰色的，说她不知未来在哪里，也许自己不适合当母亲……

无论如何，她现在好多了。她后来找到了日文翻译的工作，又当了另一个朋友公司的驻日代表。灰色的信不见了。

也许这只是一个特例。但我了解，我和她一样，都是享不了清福的人。

我们不能叫猎犬当家庭宠物，那只会闹得天翻地覆。相反的，我们也不能叫玛尔济斯去打猎。

如果你是猎犬，就会听见猎人的号角声。你不会觉得舒适的沙发比绿色的草地让你快乐。

亲爱的宝贝，妈妈没有空换你每一片尿布。但妈妈很爱你。妈妈有自信，就算她不在你身边，也会让你活得很安全，让绝对可靠的人照顾你。

所有妈妈的敌人都是内疚。但内疚是世界上最没有效率也最没有助力的一种情绪。妈妈努力在打败那些被电到的感觉。是的，你也会变成一个女人，一个妈妈，千万不要变成一个被内疚困扰的灰色女人。

还是不要补偿比较好

孩子需要关心，不需要补偿。我不认为，每个孩子都需要一个二十四小时对他无微不至关怀的母亲。我认为，孩子需要一个理性而温柔的母亲。

亲爱的宝贝：

有时候，我的心里会有两种声音。一个扮白脸，一个扮黑脸。

白脸会说："我真是对不起你啊。害你早出生了两个月，吃了那么多苦。我应该要好好补偿你才是。"

黑脸却说："不可以，不可以，你会宠坏你的孩子。请不要提补偿或亏欠，这对你的孩子没有一点帮助。你必须把她跟正常的孩子一样养大，因为她现在已经是正常的孩子。"

我想，黑脸是对的。

一直记得过去的痛苦是没有意义的。如果你已经走过来了，妈妈应该有比你更健康的心情。

谈到补偿。最近我的身边发生很有趣的故事。

我的朋友A叔叔在京都买了一间很漂亮的新房子。A叔叔对我们很慷慨，他说，他可以免费让我们住在他的房子里。那间房子，在最美的高濑川旁，春天的时候可以看见满街粉红色的美丽樱花。

日本房子交屋时，什么都是好的，连电视都有了。但因A叔叔很忙，于是他请常在日本的B阿姨帮他买家具。

A叔叔想得很简单，不过是把沙发、餐桌椅、床等买了搬进去，不就好了吗？

他想得太简单了。因为他找到的是品位卓越的贵妇B阿姨。

B阿姨很热心，完全无酬地替他添购家具。一间不到三十坪（1坪=3.3057平方米）的房子……后来，A叔叔收到八百万日币（约合六十二万人民币）的账单。

A叔叔是富有的，但对于这样的消费，他也觉得很疯狂。一看，哇，连床单一组都要十万元台币（约合二万五千人民币）以上。

"是名牌啊。"

"可是，我又没有常住那里，需要用这么好吗？"

"这是品位问题。我还特别去讲价，才有八折耶。"对，八折也要台币十万元。

其他的家具，品位之高尚就不用说了。

总之，A叔叔啼笑皆非地付了账。B阿姨十分理直气壮，认为人不可以牺牲审美观。

B阿姨是个很可爱的贵妇。她对钱没有概念，却也靠自己创业白手起家。创业十年还没亏过钱。因为她坚持做顶级客户的生意。

从她的观点来言，她没有错。不过，她对品位的坚持，碰到儿子就踢了铁板。

她带刚考上高中的儿子到日本。两人开始一连串的争吵。

B阿姨是这么想的："我从生下你之后就很忙。没有什么母子相聚的时间，现在好不容易有时间在一起，我一定要好好地补偿你。"

她带儿子住一流的饭店，也坚持每餐吃最昂贵的日本怀石。但儿子并没有太感激她，只想每餐吃很便宜的日本拉面。一天可以吃三碗。

两人一路闹别扭。两人的战争在某个精品店爆发。B阿姨把儿子拉进精品店，硬要他买个名牌书包。"你考上很好的学校，妈妈一定要给你买个好书包。"

儿子看看价格，很生气地说不要。B阿姨坚持一定要买这种的。儿子在店内咆哮："一定要买是吧。那你是要我糟蹋这个包，还是要我被绑架？"

没买成。B阿姨觉得好委屈，在博客中诉苦。我回她，你真是歹竹出好笋，人在福中不知福。哈哈。

"我只是想补偿他嘛。我平时那么忙，自觉不是个贤惠的好妈妈……"

"人家又没觉得你不好，你干嘛补偿他。"我说。

很多爱都是被补偿补坏的。我才不补偿你呢。你看来很健康，不能够有特殊待遇哦。我心里的黑脸说。

对许多职场中的妇女妈妈而言，最坏的一种东西，就是内疚。

没有太多时间陪小孩，所以内疚。因为内疚，所以企图有些补偿。

这其实是恶性循环。

孩子需要关心，不需要补偿。我不认为，每个孩子都需要一个二十四小时对他无微不至关怀的母亲。我认为，孩子需要一个理性而温柔的母亲。

现代的女人并不需要内疚，她要想，因为自己在工作上的努力，孩子得以在更安稳的环境中成长。

她的专长或许不在于一整天带孩子，因为没法一整天在孩子身边，所以她会更珍惜跟孩子相处的时光。

她见的世面广，也会更客观更有耐心地来处理孩子会面临的问题。不会在遇到麻烦时，像只无头苍蝇乱撞。

我是个职业妇女，我仍在追求梦想，但愿你不管活到什么年纪也一样。

耍赖

> 我一定会让你吃饱喝饱，安全无虞，但是，我不会让你不知道民间疾苦。当一个人，最需要了解的一件事就是：这世界上每一种珍贵的事情，都要经过自己的努力才能得到。

亲爱的宝贝：

走在路上，常常可以看到这样的画面。这是我三天内看到的两个有趣镜头：

一个妈妈带着一个孩子，走进了便利商店，三岁的孩子坚持要买小汽车，妈妈说，不行，已经有了。孩子马上嚎啕大哭。妈妈不理他，径自走了出去。小孩一边跺着脚跟着妈妈，一边又频频回首指着便利商店，要妈妈回去。

他的样子很好笑，我笑了。妈妈看着我，也挤出一个无奈的笑，好像在说，真是没办法呀，这个孩子只能这样对付了。

假日的忠孝东路上，我又遇到一个哭闹的孩子，他大概也是三岁吧。

他被爸爸抱在怀里，又哭又踢，爸爸妈妈边走边争吵。妈妈说，算了，就买给他。爸爸说，不行，绝对不行，这是原则问题。

现代的父母大多知道，不管经济环境有多好，把孩子养坏了，这辈子就糟了。

妈妈看着这样的画面，头有点痛，虽然你还不到两岁，还不会吵着硬要买一样东西。但是，这样的情节离上演的时间应该也不远吧。

妈妈应该是个很有原则的妈妈。如果你为了要买什么东西而哭闹，我一定会把你留在原地，然后，在远一点的地方看着你，看你要闹到什么时候。

你一岁多，偶尔也会闹了。比如，大人在打电话时，你会执意要抢电话来听，不给你，你就会用上婴儿最厉害的武器——哭。有时还哭得真虚伪呢。小孩真厉害，好像自然而然就知道，用什么方法大人会买单。长辈宠你，会说，来，宝贝乖，给你给你。我通常不会在你哭的第一时间点去哄你。

有一回很有趣，你哭了。然后，我尝试着深吸一口气，用平静的眼睛看着你。你忽然愣住了，好像在思考：咦，这一招怎么会没有效呢？

每个生命都在找对自己最有利的方法生存，争取权利是很坚强的生命力，但妈妈不能因为爱你就老是顺着你。

我看过很多母亲，做牛做马一辈子，却宠坏孩子。

我认识一个这样的妈妈，嫁了不太负责任的爸爸，生了四个孩子。

她想，自己受苦没关系，她很能干，开了一家生意很好的面店。从早做到晚，连周日也没休息过。她很节俭，一辈子舍不得吃好用好，拿钱尽量满足孩子的需要。我看到她的时候，她已经七十多岁了，一直悲叹自己命苦。大儿子、二儿子作奸犯科，被关在牢里，三儿子不理会她。连被她宠到大的长孙也不学好，加入帮派。她中风躺在医院，唯一会来看她的，是从小不被重男轻女的她所重视的女儿。

在成长过程中，如果父母只懂得在物质上补偿孩子，无止无尽地答应孩子的所求，却没有让孩子懂得设身处地地体谅别人，明白钓竿一定要握在自己手上才钓得到鱼。那么，父母一定会自讨苦吃。

我一定会让你吃饱喝饱，安全无虞，但是，我不会让你不知道民间疾苦。当一个人，最需要了解的一件事就是：这世界上每一种珍贵的事情，都要经过自己的努力才能得到。

亲爱的宝贝，我可以很骄傲地告诉你，我所有的一切，都是自己挣来的。我很努力，而且我懂得，善待自己，照顾亲人。但我不多做太多，使身边的人失去功能。

如果一个人明白，

这世界上有件事让他觉得快乐，

那么，他永远不会有绝望的感觉，

不管这世界如何慌乱，

他人如何议论纷纷。

辑三

遇见希望和爱

遇见·亲爱的宝贝

当你真心许下愿望，决心要完成一件事，
全宇宙都会帮助你来完成。
乐观，勇往直前，你会得到意想不到的礼物。

活下去是最好的能力

> 身为人，活下去才是最强的能力。我亲爱的宝贝，我情愿你庸庸碌碌、平平凡凡但懂得活下去，懂得应对这世界层出不穷的变局。

亲爱的宝贝：

前不久，你最喜欢的蓓蓓阿姨很烦恼，因为她姐姐的孩子小志离家出走了。

小志是个很棒的孩子，我从他五六岁时就认识他了，他是一脸笑，很斯文，从来没有大发脾气。也是个在大人眼中很乖的孩子，很勤快，很愿意帮忙做事情。看到你的时候，总是很有耐心地逗你玩。

妈妈很喜欢小志哥哥这样的孩子，会想，能把男生养得这么乖巧体贴，真不简单。

这样的小志哥哥却在某一天晚上不告而别，离家出走。

因为，小志哥哥的爸爸，在那天喝醉酒以后，出手把他痛打了一顿。

为什么？蓓蓓阿姨说："啊，小志并没有做错什么。是大人自己的情绪问题……他对自己唯一的儿子一直很不满意吧。"

父子及母女之间的冲突，都是"冰冻三尺，非一日之寒"。小志的爸爸很在意，儿子是否会比他强，小志念小学时可都是全校第一名。但是，小志的爸爸很不高兴的是，小志不能够一直保持第一名，大学时考上了私立大学。

小志的爸爸常常出言侮辱小志。小志也都没有顶嘴。这个晚上，小志可能回了一两句话吧。爸爸就出手了。

小志哥哥已经一米八零高。如果要还手，爸爸哪里抵抗得了。可是小志握住拳头让爸爸打，爸爸竟然还把他打得全身是伤。他受不了才离家的。

大家找了老半天，还好，第二天小志就回家了。他哪儿也没去，只在公园里过夜，被蚊子咬个半死。

"小志的爸爸有心结，他自己是第一志愿的明星高中毕业的，所以他一直认为，小志明明很聪明，却没有努力读书，才会变成这个样子。"蓓蓓阿姨说。

小志的爸爸虽然从很好的高中毕业，但自己也没有考上很好的大学。他要小志来完成他的愿望，可惜小志没有。

所以，小志的爸爸一不高兴就找小志麻烦。

这样的案例我看过不少。妈妈虽然不是一个爱管闲事的妈妈，但我一直想要找小志的爸爸聊一聊。我想要告诉他，小志非常优秀，他要懂得欣赏自己的儿子。否则，他活了一辈子会发现，自己是个空手而归的沮丧寻宝人，最亮的钻石其实就在他身边，只是被他当成普通石头看。

成绩好又怎么样？妈妈从小成绩也很好，所以自认为有资格这样讲。

妈妈从小到大都念第一志愿的学校，从来没有落过一次榜。很棒对不对？但是，我深切地体会到了老是在学业上成功的孩子，心里其实都有很大的问题。

如果没有经过现实的锻炼，他们处理生活的能力会薄弱了些，在处理挫折上，更会变得"越想赢越会输"。

我曾有一个小弟，你本来应该有个小舅舅。这是多么令人伤心的故事啊，虽然已经过了很久很久。他在学业成绩上，无往不利。从小就是全校第一名的学生，他在初中时就会写计算机程序，他是个数理的天才。他德智体群美没有一科不好，家人对他的要求也高，他连考大学都是第一名校的第一志愿，能够考赢他的人很少，他是顶尖中的顶尖。

但在他大学毕业那一年，他无法处理感情上的挫折，选择离开这个世界。

我们生长在同样的家庭，有着类似的求学背景，我其实可以了解他的压力。他对自己要求太高，他没有学会如何处理现实生活中的挫败。人生，就算你可以轻骑越过许多关，有时只是一关难过就过不了的。

学业上的挫败，其实是很好的考验，要你的脸皮绷厚点，知道我们并不是总能当最优秀的。

每次看到父母为了学业和孩子翻脸成仇，我总是很难过，我会想告诉他们，我家曾有个悲伤故事，请他们珍惜孩子。

身为人，活下去才是最强的能力。我亲爱的宝贝，我情愿你庸庸碌碌、平平凡凡但懂得活下去，懂得应对这世界层出不穷的变局。

输在起跑点上有什么关系

> 我所知道的人生，是一场马拉松障碍赛，
> 要跑很久，障碍也很多，天也有不测风云，输
> 在起跑点上，一点也没关系。只要你心中有能
> 量，愿意往前走，你就会走到你该走到的地方。

亲爱的宝贝：

从起跑点上来看，我们似乎不怎么赶得上人家。

你提早了两个多月"面世"，因为我的身体出了奇怪的问题，无法输送足够的养分，出生时你还不到一千克呢。

我听到医生说"怎么那么小"，就昏了过去。

噩梦连床，紧接着是一连串的奋战。妈妈也差点因为不明感染"挂"在医院里。

打了好多的抗生素，打到全身血脉都在痛。那种痛苦，好像武侠小说里写的被人下了毒，毒液在血脉里逆行一样。

当我开始能够下床走路时，我就到你的加护病房去看你。

每天听护士阿姨们报告："今天又重了四十克哦。""怪了，今天怎么比昨天轻了十克？"

　　只要你重了一些，一整天我就满心欢喜。只要你变轻了，我的忧虑都写在脸上。

　　你是从零点五克开始喝奶的。零点五克，只能蘸在棉花棒上，湿润你的嘴唇。早产儿会有很多问题，最严重的是消化上的问题，方医师怕你的肠胃适应不良，只能一点一点地加上去。

　　慢慢的，每天多加一点，你从加护病房里最轻的小孩，变成母乳喝得最多的小孩。虽然你总是吊着点滴，绑着各式各样的监视仪器，但你总是坚强地忍耐着，只有在嗷嗷待哺的时候，才会哭叫。

　　护士阿姨们说你是个生命力很坚强的孩子。早产病房的小孩，健康状况常会摇摆不定，不时会出现意料不到的状况，但你很幸运，拔掉呼吸器之后，你的健康状况就一路好转了。

　　有一个多月的时间，我是你的袋鼠妈妈。

　　我每天到医院，让小小的你贴着我的心跳，感觉你还在子宫里。那时候你看来真的好脆弱，我甚至不敢移动你，生怕一动你就会骨折。

　　那段时光，我每天以泪洗脸。天晓得我是一个多么不爱哭的人啊。

　　如今想来是很美妙的时光，我们贴得好近，你舒舒服服地睡在我胸前。我们的心只隔一层皮肤。现在你已经是个好动的幼儿，想抱你，你乖乖就范的时间不会超过三十秒。

那时，我收到好多温暖的问候。好多朋友都来告诉我，他们都是七个月的早产儿，生下来时，几乎可以放进口袋里。现在他们都很健康，也很有成就，要我安心。

还有个学姐打电话给我，说她的两个孩子在怀孕五个半月时无征兆地一起出生。她数次接到病危通知，肝肠寸断。她的孩子如今都小学毕业了，活泼聪颖。她要我相信，人类的生命力是强韧的，如果你在妈妈的肚子里都可以忍过重重险境，那么你将会继续乘风破浪而行。

现在，你已经算是一个健康小孩了。

你通过了各种检测；定期打预防针，没有发过烧；曾经患过感冒，但都不严重。你开始摇摇摆摆地走路。

一切看起来都正常，虽然，你的某些发展比一般正常出生的小孩要慢上两个月。

你在三四个月时就无意识的发出"妈妈""妈妈"的声音，但仔细想来，这应该是大人一厢情愿的认定。

现在你出生已经一年半了，你还不肯很"正式"叫妈妈呢。

我知道有些小孩，八个月就会走路，一岁就会唱歌。也在新闻上看过，有的天才儿童，两岁时就会看书。

呵呵，我的妈妈说，我一岁时就已对答如流。

看来，你应该不会是个伶牙俐齿的小孩。

很多年轻的妈妈来问我，会给你上"潜能开发"的课程吗？商业社会明白父母望子成龙的心理，把戏很多。

我不打算在现在教你很多东西，也不担心你是不是比别人晚点才学会。

比如说话，比如走路，比如读书。这些事，我们都要做一辈子的，早点会晚点会，并没有差别。

你要叫"妈妈"一辈子，那晚几个月叫，有什么关系呢？

在你还不能够爬行，只能转动眼睛和挥动小手时，我曾经帮你画过一百张字卡，那也只是怕你无聊。

我说，我并不打算过早教你很多东西。性别取向，在你成长的过程中，我们应该都看得出来。潜能嘛，我想当你开始接触现实世界时，你就会发现，你的才能何在。

我不相信那些"别让孩子输在起跑点上"的话。

我相信的是"天生我材必有用"，不要揠苗助长比较好。

我也相信，如果一个孩子在幼年时就活得不快乐，他将带着心灵阴影度过一生。

我非常怕那些拼命按自己的方法严格教育小孩，让他们上重点班或一流学校，就著书立说："看，我的小孩就是我教出来，你们也可以跟我一样"成为杰出的父母。

我看过很多孩子，从小考第一名，但是很不快乐。驱策他们前进的鞭子，总是在他们背后，抽得他们伤痕累累，他们的心中没有任何动力的来源。

父母能够鞭策得了孩子多久呢?

我是个乡下孩子,我没有上过任何潜能开发课,也没有念过重点班,也没钱念私立学校。我的成长靠自己一路摸索,跌倒过很多次,也犯过无数错。

想来应该感谢父母,在成长的过程中,让我拥有独立生存的能力,选择自己要过的生活。

其实,父母在孩子的成长中,只要不要有太多阻力,只要能够保护他们的身心安全,并在他该学飞时放手让他飞,就是好父母了。

但我相信,孩子的教养与父母的身教有关。以后我会多注意自己的言行,别做坏榜样。

每一个大人从小都读过龟兔赛跑的故事。这个故事,你一定也会读到。

意思是说,就算是慢速度的乌龟,只要在骄傲的兔子睡大头觉时一直跑,它也可能比兔子先到终点,赢得比赛。

其实,兔子就是兔子,乌龟就是乌龟。只要兔子不睡大觉,乌龟是不会跑赢兔子的。

乌龟自有它的长处,有些乌龟是水陆两用的,但兔子不行。乌龟实在不该选择在陆地上跟兔子比赛。

在陆地上,就算乌龟先走很久,它也不可能跑赢兔子。

如果你是兔子，输在起跑点上有什么关系？只要你不忘记目的地就行。

如果你是乌龟，找一条适合你走的路吧，让兔子去跟别的兔子比赛。

我所知道的人生，是一场马拉松障碍赛，要跑很久，障碍也很多，天也有不测风云，输在起跑点上，一点也没关系。只要你心中有能量，愿意往前走，你就会走到你该走到的地方。

你能平安成长到现在，成为一个爱笑的顽皮孩子，靠的是两种东西：医疗人员的专业，发自你内心的生命力。你的心中有一把与生俱来的火把引领你。我只能相信你，而不是教育你。

在动嘴巴之前

如果有大人在你思考时就想教你，我会先
阻止他们。我希望你按照自己的节奏，先动脑，
再动嘴巴。

亲爱的宝贝：

我很享受和你一起唱歌。我常抱着你，唱着："谁从牧场那边来，

喉啦嘻喉啦哈……请你过来猜一猜，喉啦嘻呀喉，她就是我的小乖乖，

喉啦嘻喉啦哈……"

我唱着歌，你也一起唱，不过，你只会发出"喉喉喉喉"的声音。

只要有人在旁边听，都会被你的歌声笑翻了。

嗯，真是个不太有歌唱天才的孩子呀。这时你快两岁了。

有朋友说："有的小孩一岁就会唱完整的歌，五音俱全。"

据祖父说，你的妈妈我，是个很早就会说话和唱歌的孩子。不过，

父母的记忆都是经过岁月美化的，你知道的，很多爸妈的记忆中孩子都

是神童。

唱不出曲调也没什么关系。最重要的是，你懂唱歌这件事。你发出快乐的小嘶吼，你和我一起享受着让喉咙发出声音的快乐。

有一天，有个阿姨来我们家拜访。她看到你，问你："小熊，头，头在哪里？"

我说："别考她啦，我没教。"

你比了比头。

是误打误撞的吧。

"那耳朵在哪里？"

你竟然比了耳朵。

"脚在哪里？"

你躺下来，把脚高高举起来。

"不会吧，怎么可能不教自会？"我狐疑地看着你。哇，真是个天才呢。

此时，奶奶在旁边说："我教她的啦，最近每天睡前，我都会问她头在哪里，脚在哪里？"

原来如此。

我常跟你说话，但我真的没打算"教育"你早点认识语言。头在哪里脚在哪里，人自然会知道的嘛。早会有什么好处呢？我认为，太早被教导"这是什么""这叫什么"，或"这本来就这样""应该要这样才对"的孩子，会失去由自己观察而自然学习的机会。我不想当一个拼命教孩子、嘴巴停不下来的妈妈。

我们常常一起喂鱼，一起看天空，一起玩石头，一起摸野花，一起晒太阳。其实，我们很有默契，你的每一个举动我都懂。你都用操作表达自己的意思。

也可能是因为我们太有默契的缘故，你不认为你必须学会说话。

"你应该是太有自信了，你认为你生出来的孩子，不可能不会说话。"阿姨说。

"晚点说话，可能会晚点顶嘴。"我开玩笑。我心知，那可不一定。顶嘴跟口才好不好没关系，恐怕跟父母讲不讲道理比较有关系。

人的灾难从来不因话太少，而是因为话太多；有个哲学家说，人动嘴巴时（吃啊喝啊说啊）就很难动脑袋。我靠说话的工作谋生，但我也知道，我从小伶牙俐齿、口才流畅、举一反三、无话不说，给自己带来多少灾难。

我一定不会像上一代爱跟小孩说"大人说什么你听就是了""小孩子有耳没嘴"，但我也不认为一个小孩那么会说话是好事。

有好几年，因为工作关系，我都会碰到一位阿姨。她人很好，唯一的缺点就是吵。你和她在一起，如果有一分钟不说话，她都觉得是世界末日一样。我约略统计过，平均我说一句话，她会说上一打。她很热情，但没有人敢把重要的事交给她，因为她爱动嘴巴，不太动脑。做重要的事总会搞得鸡飞狗跳。

其实，重要的人，通常不爱说太多话。

我比较喜欢你按照自己的方式来。我观察到，你会思考。你在决定做一件事情时，眼睛都会转啊转，先想一想怎么做。

如果有大人在你思考时就想教你，我会先阻止他们。我希望你按照自己的节奏，先动脑，再动嘴巴。

思考，比学习力强重要

> 生命树中有很多分歧点，如果没有思考能力，你会走错路，还不知自己走错，想回头时，年华都已耽误。走错没关系，有思考能力的，会走回自己的路。

亲爱的宝贝：

怀孕的时候，我曾经读过一篇两岁天才女童的文章。那个英国女孩叫乔琪亚，九个月就开始走路，十四个月就尝试自己穿衣服，十八个月时已经能对成人自我介绍，说："嘿，你好，我是乔琪亚，我一岁。"

她会说几句法文，会自己坐着看书，试图打开 VCD 看卡通，理解电影里谁是坏人谁是好人，她的爸妈觉得她有点不一样，于是带她去做智商测验，发现她的智商竟然高达一百五十二，哇，这很厉害，已经接近爱因斯坦和比尔·盖茨。

她是一对高龄父母所生，父亲生她时接近五十岁，母亲也年过四十。她加入英国一个"顶级智商俱乐部"。听说英国有针对高智商小孩设计的学校。

我还看过不少关于两岁天才的报导。比如澳洲有个小女孩，两岁就被誉为天才抽象画家；有个台湾小孩，两岁就会背唐诗……

其实，这些小孩都有他们的后天环境。英国的乔琪亚有四个已成年的兄姐，不断用大人的方式和她互动、教她学习；澳洲小女孩的爸妈是画家；两岁会背唐诗的，应该也少不了父母不厌其烦的教导吧。

你在我肚子里时，我当然也小小地想过，如果你是个天才，我该怎么办？好在，只是白日梦。你过两岁了，并没有什么太逾越年龄的特殊能力，好幸运。

很多爸妈希望自己的儿女当资优生，念资优班，我并没有。我书读得不错，因此很了解"自认为比别人聪明"和"成绩一向比别人好"的人，后天的发展未必比人强。我知道，一个人将来会不会成功，会不会快乐，都不是因为他读了最好的学校，而是因为他的个性，他的意志力坚不坚强。还有，他做那一件事有没有乐趣。

我一直认为现在到处都是资优班，实在是全世界教育史上一个自欺欺人的神话。人类历史中，天才的比例本来应该就很少，大家都在装天才，何苦又何必？

我们那个年代，根本没有什么资优班，能念就念，如果在某些科目成绩好些，就要帮助班上那些成绩较差的同学。就算读明星学校，班上同学也都各有擅长，只有极少数人所有科目都强到不行，让人又羡慕又嫉妒。

小时候，我曾想，为什么那么聪明的人不是我？但长大后就发觉，人有些缺点，承认自己在某些方面很弱，抗压性会比较强，性格也不会那么"崎岖"，做人也会脚踏实地。

你不会说法文、背唐诗，也还不会自己穿衣服。我也不想在你这个年纪，强迫你学会一些不必在这个年纪就会的伎俩。

我想要让你养好你的思考能力。从你很小的时候，眼睛就会骨碌骨碌地转，好像在思考一般。一直到现在，我确定你正在建立你的"思考模式"。你不是个盲从的孩子，你接到任何指令，都会先想一下再做反应；要接触一个没见过的东西时，你都会先看看别人试过是不是有危险；拿到玩具时，你会自己研究一下该怎么玩；你从来不会把不能吃的东西塞嘴里，这省了我们不少麻烦……

在我的观念里，思考，比学习力强重要。有位我很尊敬的企业家朋友曾说："我不怕花错钱、请错人，但我怕做错决策，全盘皆输。"

生命树中有很多分歧点，如果没有思考能力，你会走错路，还不知自己走错，想回头时，年华都已耽误。走错没关系，有思考能力的，会走回自己的路。

不要急着发脾气

每一件会发生的事，都不是毫无道理，如果我们有足够的能力，就可以化诅咒为祝福。有时，你生气，就是正中他人下怀。你没反应，他的气就耗掉了。

亲爱的宝贝：

你知道，妈妈的工作一向在"风口"，比大部分妈妈所处的环境要复杂许多。但从人际纷争来看，也没有什么太大的不同。不管是什么工作，扯到人，都会有纠纷；只要你稍微往上爬一点，就会有人看到你，有些人会丢你一小块石头，看看你会不会痛。我年轻的时候很不能接受，我想，我又没有做错什么，你为什么要诬赖我、攻击我？

对一个小孩而言，讲斗争有点沉重，但事实上，要不了多久，你会离开家门去上幼儿园，所谓的小斗争就开始了。报纸上常有的校园霸凌事件，也是一种斗争。你总有一天要脱离我们的保护伞，自己去面对风口上的人生。

相信我，这并不可怕，只要你有你的态度。态度是很重要的，个性也是最好的盾牌。人生是一个赛局，一味退让的不会玩得好，一味往前冲的通常也最早败下阵来。

有位记者 A 常找我麻烦，虽然他每次见到我都很客气，左一声姐，右一声姐，但私底下却常把一些不相关的事扯到我头上来。有一天他打电话来，说他听到了某个节目，有人在说我主持的都是烂节目，他很为我打抱不平，问我有何想法。

我才不中这个计呢，只说："谢谢指教，这人一定对我期待很深，所以才会批评我。"

"我们是自己人，你不用讲表面话啦。"他说。

"不是表面话。"我说，"我们做这种娱乐性节目，确实对国家没什么贡献，这人当然看不上眼。"

这位记者一定很闷，因为这样，稿子就写不成。现在遇到这种事，老实说，我宁可在家里开心抱你，享受我的小小幸福，完全不想理会这些一嘴毛的战争。

说真的，生了你以后，我的脾气好了很多。我以前不太相信，生了小孩人生会有三百六十度转变的话，现在发现自己确有很大转变，但也有不变的。比如我还是个在工作上很尽心尽力的妈妈，这没有变。

骨气没变，变的是脾气。

这要从我们家猫的转变讲起。我们和猫都是动物。动物一吃醋，就会有难以抑止的攻击行为。我们家的猫，本来是全世界最温良的一群猫，从来没有随地便溺过。你出生时，它们都接近百岁人瑞了，其中有三只组成了"复仇者联盟"，卡啡、妹妹和狐狸。换算起来，卡啡有一百岁，妹妹是九十米岁，狐狸也有七十岁。天哪，真是大灾难。它们把你当成入侵者，展开一连串报复措施。

卡啡、妹妹开始到处撒尿，卡啡专挑我的床，妹妹在我门口和储藏室。狐狸最可恶，它采取粪便攻势，沙发上，地板上，每天努力不懈地便便。那阵子我一回家就要开始寻找地雷在哪里。工作已经很累了，还要一边阻挡你去踩，一边到处擦地板，真是辛苦啊。

你才一岁多，就会模仿我擦猫便便的样子，你觉得很好玩。

兽医建议把猫抓来，在作案处弹鼻子，或在常作案处喷樟脑油。我都试了，一点用也没有。猫也太老了，要不然，我真想让它去我们的餐厅当店猫算了。那里有两百坪花园供它们随意逛。

有一天我气得大声咆哮，到处抓猫，像个疯子。我是真的生气了。但是你吓到了。我跟你说对不起，不好意思。我才悟到，我要改变的或许不是猫的行为，而是我的态度。我脑子里闪过一个念头：或许上帝要我把猫便当成修行吧。有个声音对我说："你常因为别人的错而生气，你常问：'为什么他要这样对我？'现在，你再想要坚持公平正义也没用，因为它们是猫，它们就是要这样做，讲也讲不通，教也教不会，这是个很完美的训练。"

修行！我可以改变我对猫便的态度吗？

渐渐地，我发现自己的态度变了。我不再骂猫，只是像寻宝一样，默默把便便擦掉。你三岁了，它们也作乱三年了。这期间，卡啡因为年纪大去世，妹妹不知是否受了感化，回到猫便盆里尿尿，只有狐狸依然故我。它确实还在吃醋，只要我抱着你，它就在旁边喵喵叫，只要我们俩关在房间里，房中就有一堆很新鲜的猫便等着。

我不再生气，只是无奈地笑。扪心自问，我的脾气的确是被猫便训练好的。管它外头如何叫嚣，管它如何无理取闹，就把它当成例行公事吧。委婉挂掉那个记者的电话之后，我还真感谢起家里的猫这三年多的屎尿攻势呢。

每一件会发生的事，都不是毫无道理，如果我们有足够的能力，就可以化诅咒为祝福。有时，你生气，就是正中他人下怀。你没反应，他的气就耗掉了。

我相信那些一直以攻击为业的人，得到的只是短暂的快感，他们失去的东西宝贵得多，比如宁静、理智、友谊、成长、人际关系。没有人能够一直拥抱刺猬的。

我慢慢变成比较宽宏大量的天蝎座。发生一件事时，不急着发脾气，先想想，什么是最好的处理方法。我只有一个简单原则，脾气可以发，但不要有太大副作用。发完脾气，要往前走，不要往后退。我看过很多成功的人，他们都是骨气胜于脾气的，他们有风度，有态度。这一点，我在人生下半场也还要不断学习。

乐观的孩子会有钱

> 当你真心许下愿望，决心要完成一件事，
> 全宇宙都会帮助你来完成。乐观，勇往直前，
> 你会得到意想不到的礼物。

亲爱的宝贝：

有一群英国经济学家做了有趣的研究报告。他们研究了九万个美国人的童年生活与薪资结构，结果发现：有快乐童年的人会比较有钱。推论是这样的：童年过得快乐的人，较容易有乐观进取的性格，遇到困难比较不容易受挫而崩溃，也有家人的温暖支持。他们比较容易取得高学历，在工作过程中也会有较好的人际关系，所以较易赢得高薪。

是这样的吗？

我觉得应该稍做修正。我看过不少台湾企业家，童年生活都过得很苦，爸妈对他们也未必太优厚，他们努力往上爬实在是因为想要摆脱小

时候的苦。他们也很有钱。他们的童年不快乐，但是个性都很乐观。

乐观者通常坚强。所以应该说，乐观的孩子会有钱。（讲钱好像很世故，但是在这社会上活着，有点钱代表你自己有能力活得好。所以在本书中我从不吝于谈钱，没有人希望自己的孩子长大之后变成一个啃老的穷光蛋吧？）

当然，一个悲观的人可能也有某种与众不同的能力或魄力，让他们出类拔萃。可惜的是，他们就算成功，心情上也常带着阴影，使他们在某个时段会自我质疑或自我"毁灭"。

我不管你将来会不会成功或有钱。（就算你会成功，我应该已经很老很老了，恐怕享受不到。就算你要用私人飞机载我环游世界，我说不定也得打点滴了，哈哈。）但我希望，你是一个乐观的孩子。

我有必要让你快乐。我很小心。不用自己的情绪影响你。你三岁多了，我还没有对你发过脾气，也没有生什么闷气。小孩子对于大人的脾气是很敏感的。就算在工作上不高兴，回到家，一看到你，你一笑，童言童语，我的年龄就会在那一刻急速降低，变成你的玩伴。

乐观很重要。

你有时会因为一件事做不好而生气。我会希望你把它做完，鼓励你："你真是个很好的孩子，你做给妈妈看好吗？"我从不用责骂或比较。我会警惕自己说话的口气。这必须容忍一些副作用。比如你吃饭，一定会把桌子和地板弄得乱七八糟，但我无所谓。你会自己做很多事情。我不希望我的照顾只是让你变得无能。

我最怕"万一"先生了。有些人，总是用"万一"来迟延自己的行动，一定要将未来发生的事（有的只是很小的事）想个周全，才会开始行动。千万不要以为这种"万一……"先生或"如果……"小姐会因为他们的瞻前顾后，而变得思虑周全，深谋远虑。他们往往在"万一"或"如果"的悲哀预设中找到"不可能"的理由，想了很多却没有办法行动，把人生的种种梦想都尘封在自己脑袋的层层机关里。遇到一件事情，先去想"不可能"，然后，什么都不用做，活得十分安逸，但也十分空虚。

他们会找最容易的事情做，因为那些事没有万一。最好，每天做一样的事，只做他们会的事，这样就没有万一。我看到的"万一先生"都是一事无成的。

我希望你只要有三成把握，就勇敢地，脚踏实地地去做。

我有一个朋友盖过好几栋很棒的房子。他不是建筑师，家里也没有足够的钱，但是，他就开始了。自己研究建筑蓝图，自己监工，他曾为了盖房子被石头压到骨折，身上装了好几处的钢钉，但他还是继续盖，九年没有休息，"一生悬命"地盖着房子。他遇过金融风暴，银行抽银根，遇过地方和官方的各种刁难，虽然身心俱疲，但从来没有退缩。他完成了大家都觉得不可思议的漂亮建筑。他告诉我，只要有三分准备，加上七分梦想，你就应该去做。

这很像我读过的一句话：当你真心许下愿望，决心要完成一件事，全宇宙都会帮助你来完成。

乐观，勇往直前，你会得到意想不到的礼物。

别当资优生

我好怕一个孩子，永远表现得很优秀，受人赞美，却没有办法度过一个心情郁闷的阴雨清晨，或一个在酒精渲染下的低潮午夜。

亲爱的宝贝：

我们该上些什么课程呢？你三岁时，我开始思考这个问题。

我不太相信什么起跑点一定要跑得比人家快的话。人生是一条漫长的路，不只是马拉松，还是障碍赛。太早跑的话，很容易累。

我曾经带你试上一些"别的妈妈说一定会让孩子变聪明的幼儿课程"，只是希望你有一些朋友。后来我才知道，交朋友这件事对一个幼儿来说，也是强迫不得的。三岁以前，孩子多半在"我行我素"的阶段，就算可以跟朋友玩在一起，也是默默各自为政。一位儿童心理学博士曾笑说，很多妈妈在三岁前担心孩子孤僻，是多此一忧，人类对朋友有感觉的时间本来就没那么早。所谓朋友道义，更是青少年时代的产物。

说实在的，或许现在受教育没那么难吧，我看到的不少幼教师资，有的口齿不清，有的写的字比小学生难看（希望只是特例）——我还遇到一个麻烦，就是很多人都会说，他看我的书长大，所以当我在旁边陪你时，老师也很紧张。

我放弃了那些我觉得挺可笑的幼儿脑力开发课程。

不久前，有个大陆的孩子在自己的网志上发表了文章，说他其实想要休学，这辈子只想和心爱的女孩过日子。他说他没有远大理想，因为历史上很多的家破人亡都是有远大理想的人造成的。他说，每天都在上课，写作业，排名次，实在没有意义。

他是个资优生，跳级生，十岁就跳了很多级念中学一年级，什么比赛都获过奖，是大家眼中的天才儿童。

真是个早熟的孩子。他说的话也引起很多人的讨论。我只想帮他多加几个字：历史上很多的家破人亡都是有远大"政治"理想"却没有同情心"的人造成的。

我也很同情他。我一向不主张大人鼓励小孩跳级，以证明自己的孩子比同龄孩子优秀。跳这么多级，他一定没有什么朋友。同学们都比他大，大家在谈恋爱的时候，他只能当小信差。大家在青春期，他却还在儿童期。

很多成长是不能因为成绩优秀就跳的。就算有从小长大的朋友，也一定很难再和早熟的他沟通了。

我好怕一个孩子，永远表现得很优秀，受人赞美，却没有办法度过一个心情郁闷的阴雨清晨，或一个在酒精渲染下的低潮午夜。

最近，我毕业的高中正在办"毕业三十年重聚大会"。除了刚考上大学时，我们办过一次同学会之外，三十年来全班没有重聚过。我笑说，那是因为班上完全没有男生的缘故，异性相吸。

我感谢这所学校，虽然当时升学压力确实不小，但我的同学们影响我，要我立志变成一个有用的人，对自己有期许。虽然如此我还是要说，一个人有没有成就，实在和他念的学校无关。我身边那些最功成名就的朋友，大部分都不是来自名校的，求学过程都很坎坷，或许这些坎坷，养成了他们的韧性，他们知道要靠自己的努力，才能让别人瞧得起。

我们的教育一直在广开升学之门，变相鼓吹，学历愈高愈好。

最近在推十二年义务教育，我身边有好多父母，拼了命买明星高中旁边的房子。他们希望孩子免试念建中，北一女，师大附中，完成他们年少时无法实现的梦。我告诉朋友，你会套牢的。因为如果大家都可以免试念这些明星高中的话，那么它就不是明星高中了。

我从小幸运地考上明星高中，明星大学，我知道，优秀的是同性嘛，都各奔前程，不再回首。

一出社会，大家都忙，没有人登高一呼，就没有碰面的动力。大家都三十年不见了。我找到了以前和我很要好的同学们。我有好多感触。

有些人以前很内向，现在是善于公关的女强人；有些人以前非常优秀杰出，但大学毕业后就心甘情愿走入家庭当主妇，她们的孩子比你大上二十岁；有些人在美国，自嘲要靠台湾的连续剧才能打发好山好水好无聊的日子；有些人因为孩子有一些天生的问题，变成家中救苦救难的活菩萨；有些人本是运动健将，后来身体却出现极大的问题；有些人本来看似爱情绝缘体，却领先大家生了好几个孩子。有人还没结婚，有人老早离婚。有人还在找工作，有人快退休了。

我的同学们都是联考精英，我很庆幸与她们同窗，她们让我明白，人外有人，天外有天。一次月考，只要稍不准备，我就可以因为几分之差，从前几名掉到后几名，她们让我明白，努力是可以看得到绩效的。

她们大部分的人，都很认真在生活。

同学们彼此间的互动教育，他们不是因为明星高中的明星老师才变聪明的。和同学间的互相学习，永远比老师在课堂上的谆谆教诲影响深远。如果大家买得起房子就可以念，明星的光环只会毁灭。反而是某些私立高中，可以采取精英募集政策。

很多人念了博士，你问他专长为何，他还说不出来自己会什么，更别提对这个世界有什么具体贡献。所以产生了不少拿了博士文凭却找不到工作，还希望政府补助的博士。严长寿先生在某一场演讲中说得好，就让那些没有用的博士去开出租车吧。他们没有任何条件把自己看得比别人高级。

一直在学校里当资优生其实是不好的。他们误以为，只要书读得好，考试考得好，天下就无难事。一路没有社会经验，念到博士，自以为无所不知，无所不晓，也认为自己高人一等，只会做表面文章，不懂实务，他们的理想经不起现实考验，只变成所谓的"蛋头学者"。难怪古代就有人讽刺地说"百无一用是书生"啊。不是书生没用，而是人不能不知民间疾苦。

你要分得清楚，理想与现实。我不希望你变成资优生，不希望你念博士。我希望你有梦想，并且有同情心。跟自己比，不要跟别人比。

孩子没有必要成为父母拿来自夸的工具。

不要"效""顺"我

如果你可以让我了解你的想法，那么，我
也会尊重你的选择。拜托，不要先斩后奏，不
要报喜不报忧。我们把时间花在相处上，不要
花在角力上。

亲爱的宝贝：

很多人知道我生你生得很不容易。有人会很热情地加注："长大之后，
一定要告诉她，一定要孝顺妈妈才行。"

我总会说："不要给她这样的重责大任。是我要生她的。她也很辛
苦啊。"

如果你可以选择在一个比较年轻的妈妈肚子里出生，你或许就不会
被迫及早"面世"，躺在保温箱里，全身插着管子，接受各种检查。不
需要在一降落在地球上时，就奋斗得那么辛苦。

问题始终在我，不在你。你不能选择的，而我是选择者。

每一个孩子都是在"莫名其妙"的状况下来到这个世界，父母有责

任让他快乐平安地长大。

我不是一个传统的道学者。再怎么像真理的事情，我都会先放进脑袋里想一想它的逻辑和可信度。包括孝顺这两个字。

百善孝为先。一个连父母都无法好好对待的人，通常也没办法对别人太好，在人生中通常是个失败者。这是我同意的。但我并不同意"天下无不是的父母"，人啊，如果不愿长进，并不会因为变成父母而崇高。

但孝顺是什么意思呢？有古人说，孝者，效也。

如果按照这个解释的话，那就不必孝顺我。我可不希望，你的人生只活在上行下效的轨道中。

我和一般父母想法不太一样。很多爸妈希望孩子像自己。特别是自认为很优秀的爸妈们。如果他们是医生，他们就会希望自己的孩子当医生。

如果他们自己白手起家，他们就会希望孩子继承家业。

如果他们当老师，他们就会希望孩子当老师，有退休金，而且还有寒暑假。

孩子因为家庭教育耳濡目染或基因影响的结果，有时候会自然而然的接近父母的职业，歌星生的常是歌星，演员生的常是演员，商人生的常是商人，作家也常生出作家……

我可不希望你仿效我。未来的职业不是现在的我可以想象的。我希望，你有更宽广的天空可以飞翔。

当然，你更不用顺我。比起"效"来，我更怕"顺"这个字。顺，表示听话。

我看过我们这一辈的人，太顺父母，后来都怨父母。

我有一个朋友，素来成绩优异也表现优秀，也有高尚稳定的职业。到四十岁时，在某一次意外事故后，他的人生也转了个弯，他忽然决定抛妻弃子、放逐自己，对父母说："我的前半辈子，都按照你们的期望做事，念大学时选你们认可的志愿，也放弃了我喜欢的女人，娶了你们觉得好的老婆，生了你们要的孩子，一切都是为了要给你们一个交代的，不是我要的。现在，我决定要做我自己。"

我岂敢要求你来顺我？我从小就是一个很难顺从长辈的人。

我从少年到成年，一直都在做父母不太认同的事情。他们说 A，我通常都做 B。我决定的事情，他们很少没有相反意见。于是，这养成了我"先斩后奏""报喜不报忧"的习惯。这样的人，一身反骨，人生遭遇必然坎坷。幸运的是，几经波折，活到目前，还好并没有让他们太失望。

我其实很明白，如果太满足父母的希望，那么我对自己的人生会很失望。

因为我们这一代的职业变迁，也是他们那一代所难想象的。他们认为全世界最好的工作就是公务员。永远有薪水可以领。从时代背景而言，可以体会。

我的父母到我三十岁后，还曾要求"你能不能听话一点"，但那一点，就是我最做不到的一点。

如果你可以让我了解你的想法，那么，我也会尊重你的选择。拜托，不要先斩后奏，不要报喜不报忧。我们把时间花在相处上，不要花在角力上。

亲爱的宝贝，不必效我顺我，请喜欢我。

猪打滚与猪唱歌

在很年轻的时候，你拥有全世界最雄厚的
资本——你的青春，你的潜力，你要努力变成
一个自己想变成的那种人。

亲爱的宝贝：

前几天，我参加了一个"亲子教养座谈会"。

虽然我对各种公众活动都不陌生，但是，亲子座谈会还是头一遭的
经验呢。

当人家孩子，我有很多经验，但当母亲，我的确资浅得不得了。
很多问题，对于我而言都是假设性的问题，我一点也不觉得我谈教养
有任何说服力。我抱着"想要听大家怎么说"的心态去参加了。

其中，有一位太太提出了一个很常见的问题："我的孩子体育很
强，书读得不怎样，他已经甄试上了体育系，但是我很迟疑。一个运
动员，职场生命是很短暂的，说不定以后会没饭吃。我应该让他去念

体育系吗？"

虽然对于教养，我很资浅，但是我还是忍不住提出我的看法（这一点是你妈妈从小的习惯，就算嘴里不说，但我总是有自己的意见）。我问："你的孩子想念体育吗？"

"他很想，"中年妈妈说："那是他的专长啊。"

"如果是我，我一定会让他去。"我又提出假设性的解答了。我的原则是，人生贵适志。一个人活着，就要努力地做自己想做的事，努力地发挥自己的专长。身为父母，千万不要鼓励孩子往"大家都应该要去的地方"，或强迫他做"这样才有前途"的事。

我举自己为例。在我很年轻的时候，我家里的人也一直说，当作家是会饿死的，为什么不去考普考，为什么不去谋一份教职呢。当时，我的回答是："反正我也吃得不多，饿死也不容易。"

总而言之，大家都知道，你妈不但没有饿死，把自己养得还不赖。

如果所有的父母都因为当运动员会饿死，那么，我们不会有王建民，也没有曾雅妮。

我常对比我年轻的人说，如果，在你很年轻时，就有人鼓励你，去找一份有退休金的工作，那么，他一定是在害你。

在很年轻的时候，你拥有全世界最雄厚的资本——你的青春，你的潜力，你要努力变成一个自己想变成的那种人。

千万不要到年华老大时，才怪自己的爸妈说："想当初就是你们阻止我，我才不能过我的人生。"

我对教养两字认识不多。我很怕那些把养孩子当剪盆栽的爸妈。他们一定要把孩子放在自己认可的盆子里、按自己的方式成长。

前不久，我看了一本叫作《虎妈的战歌》的畅销书。说真的，它对我而言，还真是一本恐怖小说。这个妈妈很优秀，也把孩子教得很优秀（其实应该说，她的孩子本来的基因也都不错）。当她严格的教育在美国引起轩然大波之后，她的孩子贴心地出来辩解：妈，谢谢你这样教我。但我相信，过度严格与不近人情的教育所留下的阴影，让孩子觉得自己怎样都无法讨好母亲、怎样都会动辄得咎，可不是优秀两个字就可以弥补的。

当一个母亲在孩子幼年时没有来得及和他建立和谐感情，所欠缺的关系是一辈子都补不回来的。

我爱你，爱到你不优秀都没关系。

我不会教猪唱歌，也不会阻止猪打滚。要唱就唱吧，要滚就滚，答应我，你一定要活成自己喜欢的那种人，而不是我期望中的理想人。

我最怕"万一小姐"

> 如果你怕万一，那你就先想，最糟的结果
> 会怎样？如果你还能承受得起，就别怕。人生
> 没有稳赢的。

也许你会问我，为什么做什么事总是可以很快决定？因为，我很怕当"万一小姐"。

我从小到大看到很多"万一小姐"或"万一先生"，他们大概会在二十岁左右，就停顿了自己的人生。因为，他们最怕万一，觉得留在已知处最安全。

其实，最安全的选择常是一个最烂的选择，让人生在原地踏步走。

让我来写一个"万一小姐"的故事吧。

万一小姐是好人。只不过，在日常生活中遇到她，确实有点头痛。

万一小姐做事看来非常积极，上级交办，立刻就想去执行，问题在于，执行前她总会问一些"假设性"的问题。

比如说：“好啊，没问题，我待会打电话给她，可是……万一她没接怎么办？”

“没接就继续打啊。”

“那万一她一直没接怎么办？”

我不免心想，你这是办还是不办，还是在找我抬杠呢？“没关系，”我深吸了一口气说，“那我自己打好了。”这些万一的问题次次都会出现，连最简单的事也有“万一”。

有一次我跟她说：“这些食物会坏，请你放进公司冰箱里。”

这应该是极简单的动作了吧。她的回答也让我哭笑不得：“那万一冰箱里塞满了怎么办？”

这也是抬杠吗？“你可不可以先去看看冰箱有没有空位，再来问这个问题？万一塞满了，就想办法挪开啊。”

“万一塞车怎么办？”“万一台风来了怎么办？”“万一那里没有卖怎么办？”“万一我做不好怎么办？”一大堆万一。

后来我的回答几乎都是：“到时候再看着办。等万一出现再说，好不好？”她终于稍微有点改变，“万一”出现的频率稍微变少了。

万一小姐是不婚主义者，她年轻时最怕“万一离婚了怎么办？”

万一小姐也很想吸收理财新知。买基金、买房子，她常问同事可不可以。同事解释了老半天，她始终没有买，因为“万一跌了怎么办？”当然，没有人能保证没有万一。

可不要以为万一小姐很会未雨绸缪、行事谨慎，做事都不会有万一。她大部分的理财经验，都以血本无归收场。因为当她觉得"已经没有万一"时，周边的人都已获利出场，常买在最高点。某天她哭丧着脸诉苦，原来她把这些年的积蓄投进一个骗局，每投资一百万，一年领回六十多万，学商的她竟然也相信了。

"当时你为什么不怕万一？"

"因为我参加了很多次说明会，他们跟我保证没有万一啊。"

很多人都会说一句话：人最大的敌人就是自己。万一小姐最大的敌人是"万一"。别人阻碍她之前，她先设关卡挡住自己。

世事都有万一，若有人保证"没有万一"，肯定都是有目的的骗局。

如果你怕万一，那你就先想，最糟的结果会怎样？

如果你还能承受得起，就别怕。人生没有稳赢的。

我就是喜欢做事

> 如果一个人明白，这世界上有件事让他觉得快乐，那么，他永远不会有绝望的感觉，不管这世界如何慌乱，他人如何议论纷纷。

前不久的某个星期天，我因为要参加晚宴的缘故，没有回宜兰。那个中午，有位老朋友找我喝下午茶，我就去了。

带着幼儿去喝下午茶本来就是一件困难的事情。小熊一直企图跑来跑去。

我的老朋友也一直问我一些影剧圈的八卦。可能因为我不太喜欢研究别人的私生活，所以很快就聊完了吧，进入"忆旧"过程的时候，她开始提起各式各样的悲惨往事，愈讲愈恼火，然后，又说起我们认识的一些朋友的老公："不知道她为什么受得了他？那个男的婚前就很花……"她开始聊我大学时代认识的一个男生："当时你们怎么会交往的？"

生怕小孩碰坏了玻璃杯，我真的无心回答那么久远的问题，也记不起已经模糊的面孔。她的话题愈来愈让我头皮发麻，一个多小时后，我礼貌地告辞了。

我记得，去年我和她一起喝下午茶时，她问我的问题和现在一模一样。是不是因为我们之间已经没了共同的生活，所以老是要咀嚼这些馊掉的记忆？

我好久没喝下午茶了，心中只有一个感想：如果，贵妇的下午茶都只是聊这些事情的话，那么我还不如回宜兰去种菜。看看蓝天白云和青山，欣赏水田与白鹭鸶，就算是烟雨蒙蒙，在湖边散步，也很有文艺片的情调。

这种不着边际的聊天方法，我——真——的——觉——得——很——疲惫。

我是一个靠说话和听别人说话谋生的人——我指的是主持工作。下了班再要努力地听话与回话，会让我感觉自己在开一个无休止的记者会。

我一点也不觉得怀旧和说八卦是一种享受。有一个乡下地方可以回去，对我来说，才是一种享受。

我希望我的孩子也可以体会到，她的生命和大自然是有关联的。她的人生中最好不要只聊别人的八卦，不要只关心别人的事情。

她要懂得享乐。

说话对我而言绝非享乐，而穿着雨靴在花园里除草，才是享乐。但愿她也一样。

如果一个人明白，这世界上有件事让他觉得快乐，那么，他永远不会有绝望的感觉，不管这世界如何慌乱，他人如何议论纷纷。

亲爱的宝贝，

我要你拥有多汁的人生。

告诉你一个幸福的秘密，人性十分矛盾，

千万别相信有人告诉你的"女人就应该要做什么"，

做你想做的，别让人生干瘪发黄就好，嘿。

辑四

遇见快乐

遇见·亲爱的宝贝

每个孩子是一颗种子，

它们各自带着自己的使命来开花，

父母只要提供足够的阳光、空气水，且不要摧残它。

是啊，我就是女生

> 不管你是男生女生，宇宙一样宽广，不要接受懦弱者送给你的任何栅栏，你可以是振翼的鹰、奔驰的马、勇猛的狮，永不做被绑缚的羊。

亲爱的宝贝：

你六个月的时候，开始坐上娃娃车，我推着你开始进行小小的城市探险。

你小小的腿常常高高地举在娃娃车上，张得开开的，跷得高高的，一副大爷的模样。

这时候，会有阿姨们情不自禁地想要把你的腿放平，说："你是女生，不要这样坐。"

这时，妈妈就会很正经地要求她们说："请别这样对她说话，我不喜欢在小孩这么小的时候，就给她这些性别教育。"

我一点也不喜欢传统的性别教育。婴儿是中性的，不需太早接受社会送来的框框。

这个社会上有很多根深蒂固的性别观念。男为男，女为女，长大之后你为了与社会和平共存，自然会学到一些必须的礼数，但你不会从我们的家庭学到"你是女生，所以不能怎样。"或"你是女生，所以要怎么"的惯性说词。

太早给小孩性别教育的结果是：女生常在很小的时候就因为被要求要服从，要乖，性格变得畏畏缩缩。

你的身边有些亲戚家的小哥哥小姐姐们。比如说，在蛋糕柜前，我若问小哥哥："你要吃哪一种蛋糕？"小哥哥的答案都很肯定，有时他甚至会要求，可不可以选A也选B？小姐姐则会犹豫三分钟，不能决定，很为难地说："我要问妈妈……"

哇，万一有一天，你变成一个连吃什么蛋糕也要问妈妈的小孩，那你的妈妈恐怕会哭——怎么把小孩教成这个"孬孬"的样子？

拜托哦，能够决定的事情将来请自己决定，不要把妈妈累死。妈妈很爱你，但妈妈并不是你，不能真正代替你的舌头、你的耳朵和你的眼睛，帮你决定所有的事情。

我带着你的时候，也常遇到一些很热情的人，由于你常穿着素雅的婴儿服，他们会问我："这是弟弟是妹妹？"

如果我说是妹妹的话。他们就会说："那加油，下一胎一定生男的！"

我总是哈哈大笑："谢谢哦，不必了，一个就够了。"

我不是个年轻的母亲，已经没有力气再生一个。我生你的时候，都差点送掉一条命，已经常被人家拿来当成"高龄产妇生产具有危险性"的案例。

有你，我已经很满足。说也奇怪，从我还未怀孕开始，我就已经有这样的第六感：我会有一个女儿，跟我很亲近的女儿。

我生你，可不是因为什么"不孝有三，无后为大"，你会知道，妈妈其实一身反骨，坚信每一种传统都要经过理性反省，我生你，是因为我想要你，我需要你，我好想爱你，可不是因为任何压力。

我以前还常常说，无后有什么关系，我们又不来自什么伟大的家族，跟我们同姓的人很多啦，还怕传不下去。我对于"将来有没有人扫墓"这件大家都看得很严肃的事也抱着非常随意的看法——埋在树下或撒进海里岂不更好，人生百年匆匆过，千年历史也可在弹指间说完。不信将来你问小学同学，谁还记得曾祖父母叫什么名字，做什么工作，活了多少岁，除非他已属民族英雄的等级，或者他的祖先是孔子。

我们家的姓氏很平凡啦，祖先也没什么伟人，所以你不需要承继谁的香火。

要给我压力，可不是那么容易哦。

当然啦，一身反骨的人，常因为在适当的时候不想做大家觉得适当的事而得到教训。

这一点，我已经得过高龄产妇的教训了。我常常自嘲：谁像我那么逊？生个孩子那么难，还害你变成一个不成熟的产品，提早两个月问世。一出生就挣扎得好辛苦。

我满心希望，你在婴儿时期，已经把人生里最辛苦的阶段过完了。愿你的人生像倒吃甘蔗。

我对你是有点不好意思。但是愧疚与悔恨对于人生是没有帮助的，我们必须要很乐观地这么想，才能越走越茁壮。

教训，常常会在人意想不到的时候掉下来，上天有时会开玩笑地给你很糟的礼物，反抗是没有用的，含笑或含泪，都得接受现实。当你熬过去之后，会发现所有的痛苦是有意义的，那么，你就会发现你得到很棒的礼物。连灾难也变成一种恩赐。

因为你，连灾难也成为一种恩赐。

无论如何，我很开心，你是个女生。

虽然，大部分的妈妈希望自己生的是男生，也曾经有个调查说，大部分的女生希望自己是男生。

有些妈妈一直想要生男生，是因为家庭里重男轻女的要求。有的则是因为"当个女人实在太辛苦了"或"生女儿比较需要担心"。

当女人辛苦吗？其实，当男人更辛苦，历史上被拉去当炮灰枉死的都是男人。男人的压力实在也不小——失业的女人常常大言不惭地说：

遇见
亲爱的宝贝

我要回去让我老公养。男人有勇气这样讲的还真不多，讲出来还会被人家在背后偷笑。

这世界没有所谓必然的公平。也可以说，世界已经挺公平的了。

到你长大的那个时代，应该不是一个体力至上的时代了，当个女生，应该不会太辛苦。而且，根据数据统计，目前的华人婴儿男多女少比例已经相当悬殊，哈哈，你到时应该可以占点物以稀为贵的优势咯。

我不是个命苦的女生，也不是个不喜欢自己是个女儿身的妈妈，所以我蛮欢迎你是个女生。

知道你是个女生时我想，太好了，我不用陪你玩骑马打仗，也不必玩变形金刚和超人，更不必担心有一天你绝食抗议，要我在十八岁生日时买一部摩托车给你。

当然，我可能高兴得太早了。你一岁了，只对车感兴趣，对所有可爱的毛毛玩具，全然不屑一顾。

如果我可以有所祈求的话，我希望你是身心都健康、乐观的女生。

我可以把当快乐女生的秘密告诉你。也希望将来你能告诉我更多。

很简单，就是：为自己负责。

选择你要的东西。选错了，要有勇气再选择。如果你认为那是对的，就请全力以赴，在其中得到你的满足与快乐。

我会尊重你的选择，如果你的选择与我的想法全然不同，那么，告诉我你的理由，我会退在一旁，看你走你的路。若你跌倒，我会告诉你，我永远有一双温暖臂膀安慰你，但请不要为痛苦哭泣太久。

　　不管你是男生女生，宇宙一样宽广，不要接受懦弱者送给你的任何栅栏，你可以是振翼的鹰、奔驰的马、勇猛的狮，永不做被绑缚的羊。

妈妈不愿教你的事

> 早慧是没有用的。早说话也是没有用的。
> 我看过很多女生，说了一辈子，都被人家视
> 为啰嗦与唠叨，未经大脑，说了许多，毫无
> 意义，也有害无益。

亲爱的宝贝：

由于是早产儿的缘故，我们"享受"了特殊待遇，定期要做智力和体能检查。

你一直没有什么问题，真是万幸。除了你的左腿比右腿稍微健壮一点之外。

你一岁七个月时，我们去一个很亲切的女医师那里做检查。

堆积木，你很ＯＫ。

把同样的形状凑合在一起，你也没问题。你从会爬、会使用双手拿东西以来，一直很喜欢组装东西，你可以很精确地把宝特瓶的瓶盖旋好。

碰到图片，啊，糟了。

医师拿出了图片来，问你：汽车在哪里？你指出来了。因为你最喜欢车子。虽然你还不说话，但是，我们说的话，你大部分都可以理解。

这是唯一你认得的图片。

"鱼在哪里？"

"她不会。"我笑着说。

不过，你马上指到了鱼。

"她会啊。"医师很满意地说。

"她是——瞎猫碰到死耗子。"我说。

果然，医师又问了一次，你指了气球，又指了苹果，那些都叫鱼。

"我没有教过她认字卡。"我说："而且，我们家的鱼是红色的，小小长长的红太阳，而字卡上的鱼是绿色的。所以她不可能认识。"

"你太忙了……"医师露出善解人意的表情说："所以没有时间教她认识字卡吗？"

"不是的。"我说。你知道，妈妈一向是个不会隐藏自己意见的妈妈。"我——不——想——教——她认字卡，因为——那是完全无意义的。"

字卡和真实世界差很多。字卡里的大象可能只有三厘米大。字卡里的苹果不能吃，也没有香气。

我们家有真实的鱼和真实的猫。我已经教会你在早上起床时喂小池塘里的鱼，你也一直和猫哥猫姐们和睦相处。

字卡里的东西是假的。我觉得用字卡教小孩会让孩子变笨。我常带你到乡下，希望你真的数过鸡有几只脚，希望你摘过菜，欣赏过野花。

虽然，我也曾在你满三个月时自己画过字卡。那是因为，我觉得身为婴儿的你不太能动，一定很无聊，所以自己用水彩画了一百张字卡，那是妈妈的爱。

妈妈确实是个不太一样的妈妈。妈妈习惯把一般人做得很困难的事，用最简单的方法做，但一般妈妈很简单的事（字卡用买的不就好了吗？），却弄得很困难，画了一整个星期，因为我相信，我自己画的字卡，品位比较好，而且是天底下独一无二。

"我觉得她不太爱讲话。是不是可以花点时间教她说话呢？"医师又说。

啊，妈妈还是有意见。"我没有觉得一定要这么早就教她说话。每个耳聪目明的孩子，早晚都将学会说话。我观察得出来，她懂我们的意思。她不想那么早说话。我希望她先学会思考。"

医师一定很傻眼吧。

那么早说话做什么呢。我是个靠说话讨生活的妈妈。我的爸爸说，我从小就很会说话。十个月会叫爸爸妈妈阿姨，两岁时A到Z已经念完了。我一直被大人们拿来秀，"看，她多么会说话！"我从小代表参加演讲比赛，感觉自己像只被上了发条的玩具，发条一上，就被迫要说话。

又怎么样呢？早慧是没有用的。早说话也是没有用的。我看过很多女生，说了一辈子，都被人家视为啰嗦与唠叨，未经大脑，说了许多，毫无意义，也有害无益。

我才不会期许你很早就伶牙俐齿。你不是那么爱说话，当然显示妈妈并没有太积极教你，妈妈是故意失职，因为，我要把空间留给你，让你说你想说的话。

不必急着当正常人

你不用急着像所谓的正常人。也不太表现得超越其他人。当春天来时，草木自己生长。我希望你找到你自己的方向和成长的韵律。

亲爱的宝贝：

妈妈不是一个温良恭俭让的妈妈。对于很多事情都有自己的看法。

比如说，我不太理会那些"要早一点启蒙孩子才会变聪明"的教育专家。我认为多数的脑力开发只是揠苗助长。

你两岁都还说不清楚一句话。我不认为有什么关系。

很多话，迟早会说。说得晚，不代表口才拙。

说话，要说在该说的地方。我看过许多女生，一辈子说说说，别人很难在她连珠炮般的话语中找到空隙安插个句点。那么爱说话，只被人分派到啰嗦两字。

还有人口才伶俐、天生好辩，要说到自己赢为止，结果，一个真正的朋友都没有。

我想要让你自自然然地弄懂语言这回事，不急着教你这是花朵，那是汽车。你迟早要会的。

几乎是出自天性，你很好动，喜欢攀爬，好喜欢小汽车，对娃娃不屑一顾。

你还非常喜欢垃圾车。有好几次，我们在小区公园玩，垃圾车来了，你坚持拖着我去追垃圾车。真是一种奇妙的兴致啊。

虽然我不太能理解，但我会努力配合一下。

会有大人说："哇，你是女生耶，怎么只喜欢汽车？"

我会很认真地提出警告："请不要教她：你是女生，所以不能——这样的造句。"

我也禁止别人在你撞到门时去打门，说："门不乖，害小熊哭。"

不可以不可以。那只会让你学会："什么都不是我的错，都是别人害我的。"这个没出息的要命的逻辑。

我在你哭泣时，总是给予很镇定的处理。我安慰，但不过度。

我不在你面前尖叫、大声说话。因为我认为母亲气质差，孩子的气质一定不会好。

很多母亲责怪自己的孩子脾气坏，事实上，她们自己的情绪反应都过激。孩子降临在这世界上，就像外星人一样，他们在观察、在学习。

很多大人怪他们的孩子叛逆，但孩子为什么要叛逆呢？他们必然不喜欢或不认同大人所设立的某些规矩。那些规矩，未必是对的，而大人们却用十分不理性的态度要孩子恪遵教诲。

从那些为幼儿做的制式的学习评量表来看，有的你超前，有的你落后，怎么样就怎么样吧。

我已经从你身上看到一个有趣的现象：其实，即使你很小，你的个性也很强，不是我所能教育或勉强，不管你做什么，我会先让我的主观休息一下，先从你的角度想一想。

不要急着下判断，不要急着引导，不要想指挥你。

你的眼神有时很像妈妈，但妈妈明白，你并不是我，你有你独立的灵魂，你只要像你自己。

你不用急着像所谓的正常人。也不太表现得超越其他人。当春天来时，草木自己生长。我希望你找到你自己的方向和成长的韵律。

你的未来别顺我

> 每个孩子是一颗种子，它们各自带着自己的使命来开花，父母只要提供足够的阳光、空气水，且不要摧残它。

亲爱的宝贝：

令人高兴的是，你精力充沛。

令人遗憾的是，你和我一样是夜猫子。

你爱混到半夜两点还不睡，确实有点伤脑筋。寂无人声的夜，曾是我最美好的写稿时间，有许多年，我在快到午夜时，为自己倒一杯来自苏格兰 ISLAY 岛的威士忌。有海风的浓烈威士忌陪伴着我，让思绪缓缓地依附着文字，如蚕吐丝般写字。

因为写作，我从来没有害怕孤独，甚至常常渴求着孤独。

而如今，由于你实在是个不爱睡觉的孩子。如果我还想要拥有完完全全的个人时间，都得等你睡后，我尽力地维持写稿的习惯，但换来的都是严重的睡眠不足。

我常想，如果我很早就有一个孩子，我一定很难当作家。过去的我可以像个偏执狂一样的写，实在是因为我拥有大把个人时间的缘故。

总有人告诉我，一定要强迫你改掉当小夜猫子的习惯。我曾温和地试过一些方法，但我做不到。我不能够在你很想午睡时把你摇醒，只为了要调整你的生物时钟。那么残忍，我做不到。

我不要做一个强权妈妈，我是一个自由主义者。

我从不喜欢被强迫，所以，我不要强迫你。

你不想睡，因为你还想跟我玩。

我可以写这篇稿子，是因这天你玩累了，提早在午夜入睡，我溜到计算机桌前开始打字，内心欣喜，仿佛中了奖。

有了你之后，我有了很大的转变。

过去的我，可以一个人说走就走，飞到天涯海角，说去南极就去南极，我总是在找梦想中的那个缥缈的圣母峰。

现在的我，就算出差去我最喜欢的地方，第二天晚上，我就会情不自禁地想回来，再豪华的酒店都不比在家，一切的享受都比不上拥抱小小你的温暖感觉。

你半岁的时候，我还去了一趟巴黎。我住在我一直想住的香榭丽舍大道四季酒店，全世界排名第一的酒店呢。结果，我只住了两晚，事情做完，我就急着想回家。搭飞机的时间几乎和停留的时间一样长。

因为你，我头一次开始喜欢"家族旅行"，享受扶老携幼到名胜风景地的乐趣。一出门，总是带着一大群人。这实在是以前"千山我独行不必相送"的我无法想象的。

每天，看到我回家，你都兴高采烈地欢呼，像欢迎超级巨星一样。做一个母亲，此时最为虚荣。

虽然，仍然坚持着某种生活方式，我仍努力地做我喜欢的工作。但我为了你，改变了好多。放心，我不会拿来说教，说："都是因为你，我才……"

很多妈妈喜欢说这样的话。嘿，放心，我不会。

我的改变是自愿的。我不爱牺牲。

自古以来，女人，或母亲，总是热爱牺牲。

我至今还是不怎么喜欢这两个字。牺牲者情操伟大，但总不能长久无怨。牺牲者其实都不是不求回报的。就算不求物质回报，在精神上都索求得很殷切呢。

我可不为你做牺牲的榜样，因为你也会成为一个女人、一个母亲，我不希望有一天，你为你的孩子或家庭牺牲掉自己，活在灰色的黯淡世界里。

你要找出一个双方都觉得还可以接受的方式，就是一起好好地活下去：你幸福，而我也不欠缺。

有时要有些妥协，但不要牺牲掉自己的梦想，自己的美好生活。随着年龄渐长和状况变迁，我们会自动改变一些东西。但无论如何，要让自己好好地活，开心地活，把自己放在自己喜欢的位置上。

不久前，我看到一本一位非常优秀的年轻女摄影师写的书。她出国放逐自己一年，为了省钱，睡了好多人的沙发。

我访问了她。她的父亲是一位医师。她写道，父亲从小一直告诉她和哥哥，一定要当医师。

当她决定念文科时，她看得出父亲的反应非常冷漠。她自觉被父亲放弃了。她是学校风云人物，但她认为父亲一点也不关心她，因为她没有成为医生，她让父亲失望。

流浪了一年，她没有跟家里拿一毛钱。省省省，当一个沙发客，单身女子有好几夜都差点遇险。

父亲一直很忙，来不及参与她的成长过程，她一直有恨。后来，在朋友提醒下，她忽然懂了一件事：其实，并不是父亲不关心她，而是，这么多年来，她也从来没有打开内心的门，让父亲可以关心她。

她花了几天时间，写了一封信给父亲，并且把自己的摄影作品一张一张整理好，寄给父亲，让父亲知道这一年，她到底完成了些什么。

她的父亲很快地回信了，答应支持她在国外完成学业。

不善表达情感的父亲，其实是爱她的。

误会冰释了。

但真遗憾啊，二十几岁的她与父亲的误会期间竟有十多年。只因她自以为没达到他的期待。

你知道，上一代总是期待着下一代，以爱之名。如果上一代自己很优秀，闯出了些名堂，总希望下一代继续接下去做。

期待，如果太严厉了，就会造成误解和冲突。变成一方认为：我都是为你好；一方觉得：你实在对我很不好。

老有人问我希望你成为什么？

我常开玩笑说，别当作家就好。此路虽然让我时时沾沾自喜，但有多辛苦我知道。

啊，其实若你要走这条路，我也无可奈何啦。

从前父母习惯为幼儿办"抓周"，现代父母带孩子做什么皮纹检测，希望一早就看出他们的志愿来。还有一些父母，为了训练幼儿智力发展，未满周岁就去上潜能开发课。

我都不做。

父母不可能对孩子没有期待。我不是没有期待，但我期待自己千万要忍，不要把自己的期待说出来。我可以影响你的家教，不能企图改变你的人生。

哈，我从小是个叛逆的少年，辜负父母的期待而长大，他们要我从事的职业我从来不屑一顾，我哪有资格期待你？虽然我的现在与父母期待中完全不同，但也还不太差。

如果有一天，你的选择让我头痛，我想，我也还是得咬紧牙根来尊重。

如果每个下一代都按照上一代的期待来发展、复制，人类的未来哪有更大出息?

每个孩子是一颗种子，它们各自带着自己的使命来开花，父母只要提供足够的阳光、空气水，且不要摧残它。

我相信，无私的爱必然是：爱到不企图改变你，你的想法与我不同，我也欢喜。

如果这样，妈妈就失败了

> 妈妈在养孩子，不是在养盆栽，我不会过度剪裁你。但是，如果是不对的，妈妈还是会告诉你，温和地告诉你。

亲爱的宝贝：

最近，妈妈在工作上遇到了一些奇妙的人。

我私下把她们叫作暴发户的女儿。

暴发户的女儿，和富翁的女儿是不一样的。后者斯文有教养。

前者就很离谱了。

有一位，应该已经三十岁了吧。问她，人生最大的挫折和痛苦是什么？

她竟然回答："高中的时候，有一次司机没有来接我。同学的大哥好心载我回去，结果竟然是一辆摩托车。摩托车耶……"

摩托车又怎么样？

"我本来以为，再烂也是一辆轿车吧。没想到竟然是摩托车。我一坐上车就一直哭。心里好委屈，我怎么可能沦落到这种地步？"

"这是你人生中最委屈的一件事。"

嗯，我想起"何不食肉糜"的故事。真是令人瞠目结舌啊。人生最大的挫折是这个……真不知该说她是幸福还是不幸？

还有一个女孩，养了一条狗，她坚持她的狗要用K金狗链，随便一条就好几万块钱。每天抱着她的狗坐在豪华轿车里头时，她会对狗说："看，外面有很多下等人，如果你不乖乖听话，我不爱你了，你就会跟外面的人一样被风吹雨打。"

她说每年生日至少都有一百万以上的礼物。她动不动就会用钱指使别人："给你一千块，你去替我做……"

我看过不少这样的暴发户女儿。书念不好，没关系，爸妈送她到国外念贵得吓死人的学校，在英国或日本待了几年，连语文也没学得太好。

她们把会买东西当成专长。张口闭口都是名牌。眼里看到人就开始估价。只跟同样身价的人交往。而且习以为常。

我听了总是暗自咋舌，啊，我可不愿意把女儿养成这个样子。妈妈很爱你，但也暗自发誓，千万不要把女儿宠成这个样子。孩子幸福到不知天高地厚与民间疾苦，铁定是爸妈的失败。

不一定是富裕才会宠坏小孩。我也看过不少出身小康之家的孩子被宠得很坏，他可能是上头有几个姐姐的小男孩，也可能是爸妈辛苦工作供他读书却没空陪他的孩子。当他开始用撒野来讨爱时，也没有人告诉他，这是不对的。

或者，他在充满暴戾之气的环境中长大，不知不觉也感染了一种态度：压过别人，就能解决问题。

妈妈在养孩子，不是在养盆栽，我不会过度剪裁你。但是，如果是不对的，妈妈还是会告诉你，温和地告诉你。

那一天，我带着你和十一岁的表哥，到便利商店吃早餐。我们就坐在思乐冰旁边，有个大概也是十岁左右的孩子拿着杯子在装冰。"你怎么这么笨啊？连装冰都装不好，你是猪啊。"

又："你要买就要吃完，吃不完我就扁你。"

除了这个母亲连珠炮的咆哮之外，四周很安静，孩子没说话，好像不管妈妈说什么，他也都不想反抗了。

这个母亲骂起孩子来，已经成了习惯，而且还旁若无人。

等他们走后，我悄悄地对你的表哥说："你现在知道你很幸福吧。"

表哥的妈妈是个很温柔的女人。

他点点头。

我爱你，但不想因爱糟蹋你或惯爱你，我会一直警惕自己。

带你回故乡

> 我的任务不是在教养你、捏塑你、指导你、栽培你，那些字眼都很人工，我要让你在青山、稻田、河流与大自然的合奏中，饱尝上天的恩赐。

亲爱的宝贝：

很多年来，对于我来说，我生命中的地理课本只有简单的划分。

台湾——工作。台湾以外——度假。

台湾很美，但我不太能够享受在这块土地上的旅游，有我个人的原因。

我太常在电视上出现。我的工作就是要出现在电视上，所以有很多人认识我。

我很难安静地在风景区的咖啡厅里悠悠闲闲地喝一杯咖啡。

通常是这样子的："啊，我觉得你好面熟。""啊——你是那个某某某嘛。"（有时候名字会讲错。）

然后就是"你本人比电视上的瘦耶。""怎么瘦那么多。"（其实我一直差不多，从大学到现在，大部分的时间都在四十六千克左右，但是，电视是个会渲染你体重的照妖镜。）

"我们来拍一张照片好不好？"（当每个手机都有照相功能之后，我们都会自然而然地说出这句话。）

"啊，拍失败了，再拍一张。"

我曾跟朋友一起出去玩，结果，我在风景区里当人形立牌合照。

这种感觉，真是喜忧参半啊。有人认识你，当然应该高兴，但是，你的一举一动都有人注视，连打个呵欠都要偷偷瞧瞧四周有没有人。有时还会连累朋友耽误行程。

我其实不是个太注意仪容的人。出去玩，当然不会像在摄影棚里，装上假睫毛，画上工整的妆。我常一张素脸出去。但在人手一机、人人都是博客写手的时代，素脸还真是危险的行为。一百年后你也可以在网络上找到妈妈又肥又丑的照片。

所以，我习惯到说不同语言的国家去度假，而且，越远越舒适。现在电视传播技术非常发达，只要有华人，就可以用各种方式收看到台湾的节目。

这一切，都是悲喜交集。（我是这么想的，如果在大众传播工作了这么多年，却无人认识你，可不是更悲哀吗？）

有了你，而你也常指着门表示要出去之后，我一直在伤脑筋，嗯，到底怎样才能够让你不要老是关在家里呢?

于是,周末我们几乎都到宜兰度假。宜兰有四季不同的景致。我最爱春天嫩绿柔黄的秧苗和冬季如千面灰色明镜的休耕稻田。

我成长的地方,有一阵子,我并没有经常回去,一直安于大都市里的繁忙生活。有你之后,连故乡也变得可爱了。

我的童年虽然内心过得未必快乐,但是,外在的成长环境倒是得天独厚。

我祖母教我养过鸡(养鸡这事蛮残酷的,我也帮着她杀过鸡、拔过毛,噢,再也不要经历了!),我看过老鼠为了想吃鸡,把鸡脖子咬得血淋淋的。

我家以前被一大片稻田围绕。田里毒蛇很多。冬天早上出门穿鞋时,我们要很小心地检视鞋子才能穿,因为我弟弟曾在穿鞋时发现有小蛇藏在鞋里取暖。我看过家里的白狗咬死过一条一尺多长的"雨伞节"。我也很调皮,曾经带弟弟到后院找蛇窝,结果发现了一条龟壳花和一窝小蛇。那时我们还企图把被大人打死的蛇一截一截切好烤成蛇干,因为我认为它长得很像我们很垂涎的烤香肠。

这些对于现代的孩子而言都是乡野奇谈。

我的祖母很爱种花。我在上学前都会到花园里跟花说话,选出当天最美的一朵花。

我很爱躺在掉落的芭蕉叶上发呆,看天上白云变化的形状。对一个孩子来说，它们看来不是像动物，就是像食物。

我抓过青蛙和蚯蚓，在河沟里捞过小鲫鱼和一种像金龟子的东西。啊，我也知道把吃剩的西瓜放在太阳下晒着，就会引来一群漂亮的金龟子。它们有油亮亮的绿色外衣，我用水彩永远调不出那个绚丽的颜色。

我十四岁就自己选择离开家求学，我曾经一直想要变成一个"台北城市少女"，赶快把自己身上的土气挥掉。然后，我又渴望到巴黎，很想学法国女人有点冷漠的模样……当然，我在城市学到了很多很多东西。我热爱每一个人文荟萃的都会。有趣的是，绕了一圈，有了你之后，我自然而然地绕了回来，好想让你回到我的故乡。

说真的，我是一个离不开数码产品的妈妈，但可不希望你像一些城市小孩一样，连吃饭时都只能把眼光投在电子游戏机的屏幕上。一个没有蛙鸣鸟叫的童年是多么让人惋惜啊。所以我想要让你回到我的故乡。

你还很小，不知道自己置身何处，但我明白，在大自然的怀抱中，你是开心的。你好奇地摸摸小花，捡起小石头，跌跌撞撞走向我时，我发现，你的微笑就是我要的幸福。我抱着你，一起看着山，看着湖，全宇宙的幸福包围着我。

我的任务不是在教养你、捏塑你、指导你、栽培你，那些字眼都很人工，我要让你在青山、稻田、河流与大自然的合奏中，饱尝上天的恩赐。你会知道鸡怎么走路、蝴蝶怎么飞、蛇怎么吐它的舌头……

最重要的是，我要让你的童年，充满我的童年所渴望的温暖、拥抱、笑和爱。

当然，有时我还是很难安静地和你从容享受悠闲自在的时光。

通常还是这样子的："啊，我觉得你好面熟。""啊——你是那个某某某嘛。"（有时候名字也还是会讲错。）

有时我会听到一连串可爱的赞美。

然后大多是"你本人比电视上的瘦耶。""怎么瘦那么多。"（这句话，只要有碰到人，我每天要听好几十次呢。）

"我们来拍一张照片好不好？"

"啊，拍失败了，再拍一张。"

我只能要求，不能够拍你。在不自在中自在，呵，对妈妈来说真是一种新的学习，还好，我很快地上手了。

都因为你。谢谢你，因为你我才能用充满阳光的感恩心情，真正爱上我的故乡。

爱读书有什么困难

> 大人的脑海里只有"有用的书"和"无用的书",有用的书通常指考试用书。这个区分法很无聊,你会庆幸妈妈并没有这样分。

亲爱的宝贝:

妈妈有个朋友,有个和你差不多大的孩子。

有一天她跟我说,她买了一整套幼儿识字教材,价值好几万块台币。

"有需要那么早识字吗?"我问。

"我希望他将来喜欢读书。"她说:"不要像我一样,从小把读书当成苦差事。念得好辛苦。"

她是个全职的家庭主妇。丈夫提供很好的经济支持,让她可以安心在家专心带孩子。但她活得比我紧张忙碌得多,孩子不到两岁,她就忙于带他去各种幼儿补习班,每天还要按时让小孩读字卡,已经在帮孩子找幼儿园,甚至想要买房子,让小孩搬到重点学区去,将来可以轻松地念明星学校。她最近很焦虑，因为孩子常会把舌头吐出来，她怕他咬到自己的舌头。所以，只要孩子不小心吐出舌头，她就弹他的鼻子以惩罚他。

"你有没有觉得，你把自己弄得很累啊？"我说："你一直都想为他好，但做的事都对他不太好。"

她没有把我的话听进去。

"你难道不担心孩子将来不喜欢读书吗？"她问我。

"你自己喜欢读书吗？"我问她。

她摇摇头。她说她除了服装杂志之外，什么都看不下去。

我没有再说下去。

我的想法是，如果一个妈妈没有真心喜欢一种东西，那她怎么能让孩子真心喜欢它呢？

我从小喜欢书。倒不是因为我妈喜欢读书。而是因为我在书中发现了另外一个世界。一种会让人内心感到喜悦的乐趣。

当我是个很小的孩子时，我就已经喜欢上书了。我很早就把爸爸书架上的言情小说读完，我也很喜欢看妈妈收集的食谱，只要有字，我都不会放过。你会知道，人类的交谈虽然都在使用文字，大部分是琐碎而无聊的，大人们讲话常常不离柴米油盐、谁家的狗咬了谁家的狗、谁家的姑姑说谁家的嫂嫂那些事，重复又重复，再丰富都是信息而已。而在书中，你才可能发现，智能和奇想被记载下来。书是一扇门，带你通往神奇世界，你会像掉入树洞里的艾丽斯，或变成可以进入鲸鱼肚子里的小木偶，没有人能够阻挡你长成什么样子。

书一直在拯救我。

大人的脑海里只有"有用的书"和"无用的书"，有用的书通常指考试用书。这个区分法很无聊，你会庆幸妈妈并没有这样分。我从小到大念的最无用的书，其实都是考试书。

话说，如果你真的在书中发现乐趣，那么，要把所谓的书念好，都是很简单的事。

有一句成语叫作"揠苗助长"，我认为，如果一个孩子从小被强迫读书，他一定不会真的很喜欢读书。被强迫的孩子找不到自己真正的方向。

孩子悄悄生长，他们在环境中学习。妈妈爱打麻将，他们一定会变成高手，妈妈爱书，孩子不会恨书。

如果妈妈不焦虑，孩子也不会紧张；如果妈妈不习惯咆哮，孩子也不会习惯尖叫。

太早学会很多东西的孩子，只是妈妈的炫耀品。妈妈爱你入心，不想要展示你的聪明。

请你喜欢自己

我发誓，我要好好地爱你。让你活得安稳，活得无忧无虑。我对你的耐心，超过我对全世界任何人。我也已经成熟到在你面前可以控制自己的脾气。

亲爱的宝贝：

不久前，我访问了一位很优秀的专业女性。

她说着自己成长的故事时，我的心一阵一阵的痛着。

她是个不被妈妈喜欢的孩子。她的妈妈在很年轻时，喜欢上她的爸爸，有了她以后，才发现她的爸爸老早就有自己的家庭。

妈妈万般不愿意地把她生下来，在她很小的时候，和她的继父结婚了。

她的妈妈再接二连三地生了一群弟弟妹妹。幸运的是，继父对她很好。不幸的是，妈妈一直不喜欢她。

从小，她不准上桌吃饭。永远没有权利被妈妈带出门。她像灰姑娘一样，总是在洗碗、洗衣服。小事做不好，妈妈会把未熄的烟蒂按在她手臂上；她没有自己的房间，只能睡在厕所里；念中学时，妈妈就要她辍学去做工。

她靠着自己的努力，找到自己喜欢的工作，并且在专业上受到许多肯定。但始终得不到母亲的一句赞美。在人生的漫漫长路中，幼年的噩梦始终没有远离她，后来的感情路，她也走得坎坷。她说她曾经好几度面临精神上的崩溃，"其实，我从来没有喜欢过自己。我会觉得，我不配过得这么好，我不配。"

她怀疑，是因为妈妈从没喜欢过她，所以她才没喜欢过自己。

真是让人听不下去的悲惨故事。

虽然我认为，一个成人应该有必要，而且有能力来治好自己过往的伤痕。不应该把全部的心理问题推给从小长大的家庭。但我也必须承认，从小长大的家庭给予一个女人，影响多么深远。如果阴影太深，确实会让她花太多力气、太久时间跟无形的心魔作战，如果她没有经过彻底的反思与转变，只任由那些阴影作祟的话，她会离幸福的路越来越远。

不喜欢自己，是一个女人在成长和成熟过程中最难克服的绊脚石。我看过许多女人，在重男轻女、不被重视的环境下长大，她们很难喜欢自己，并且也承传着某些恶习，自己也不喜欢女儿。她们认为自己不值得过得好。

一个不认为自己过得好的女人，常不自觉地变成一个哀怨的乐器，老是弹奏着悲哀的曲调，过着以痛苦为食的人生，让周围的人永远快乐不起来。

我的童年也不怎么快乐平安，但还好，我是喜欢我自己的。我知道我不很高、不很美、不很灵巧、不太谨慎、不太有耐心、不太爱做家事、脾气不很好……我也面对过一些阴影，我的心里也许也有一些黑洞，但其实，嘿，我蛮喜欢我自己。就算我有权利可以选择当这世界上任何人，我还是会选择当我自己。

我一路上，我行我素，活得不算太差。就算有人不喜欢我，我也不因之丧气。

我发誓，我要好好地爱你。让你活得安稳，活得无忧无虑。我对你的耐心，超过我对全世界任何人。我也已经成熟到在你面前可以控制自己的脾气。因为我悟到，一个被妈妈喜欢的孩子，比较能够不费力地喜欢自己，比较不会牺牲自己的快乐去讨好别人，比较能够吸收爱和放出爱。

被妈妈喜欢的孩子，才有安全感。就算遇到暴风雨，她的头顶上，会有阳光闪耀。

你是我生命中的天使，你一定要喜欢自己。

愿你有多汁的人生

> 亲爱的宝贝，我要你拥有多汁的人生。告诉你一个幸福的秘密，人性十分矛盾，千万别相信有人告诉你的"女人就应该要做什么"，做你想做的，别让人生干瘪发黄就好，嘿。

亲爱的宝贝：

我发现，自己并不需要太贤惠到太虚伪的地步。其实，据我的统计，一个不常自己下厨煮菜的妈妈未必会被孩子讨厌，但是，一个强迫小孩吃东西的妈妈一定会制造很多亲子冲突。

我记得我有个朋友阿紫，她为了怕孩子"中毒"，所有的蔬菜都要煮烂了，才要给孩子吃。菜一定要有机的才买，肉尽量不吃，要吃一定要追溯到生产地，孩子从来没有吃过炸鸡，也不许吃所有的零食。家里也从来不能看电视。

她为了要好好教养一对儿女，婚后一怀孕就辞职，完全忘记自己是美国名校硕士。

比起妈妈来，这样的妈妈应该是比较能够得到"社会大众"的肯定的。

某一天，她啼笑皆非地拿了她儿子的作文本给我看。"他写《我最感激的事》，竟然是这样写的：感激阿翔哥哥在我十岁生日的那天，请我去吃炸鸡排，也喝了珍珠奶茶，那真是世界上最好吃的东西。（老师，不要告诉我妈，拜托拜托！她会抓狂的。）"

"嗯，还有一篇，叫作《我的梦想》，他的梦想是有一天到一个零食森林，里面有吃不完的巧克力、冰淇淋和蛋卷，我不想再看到那些五谷饼干了。后面还有附注：我希望我妈不要在森林里！"

"我为他牺牲一切，没想到他这么没良心！"阿紫感叹道。

对于这样的妈妈，我的任何劝告只会让她觉得"你怎么这么随便啊，万一孩子学坏了怎么办？"

我只能告诉你，亲爱的宝贝，妈妈不会费尽力气去当个被孩子讨厌的妈妈。

我不会把规矩订得那么不近人情。我当然相信节制。但节制不如自制。

不久前的某天晚上，我忽然好怀念自己煲的汤。哼，管你爱不爱喝呢，我自己喝就是了。我把我从香港买来的上好干贝、鸡心枣、椰枣、珍菇，配上传统市场的生鲜鸡腿熬了汤。

爸爸回家时，你在小睡，而我正在写稿。我轻轻说了声：汤在锅子里，有空请喝。

不到一小时吧，我的 facebook 被朋友的留言塞爆。原来，爸爸把那碗三年难得喝到一次的鸡汤照片传上了网。佳评如潮，有人叫我开养生鸡汤店，有人赞叹我秀外慧中……

哈哈。过奖了。你知道，当一个人很不贤惠时，大家对你的期待值就很低，只要小小做点事，就有人当成大事。奇怪的是，妈妈做过很多女人不会做的事，但就是没有赢得过这样多汁的"溢美"。

亲爱的宝贝，我要你拥有多汁的人生。告诉你一个幸福的秘密，人性十分矛盾，千万别相信有人告诉你的"女人就应该要做什么"，做你想做的，别让人生干瘪发黄就好，嘿。

当世界充满大小灾难

> 不管你想做什么，就去吧，我只能在你还
> 很脆弱的时候，负责保护你，只要你不妨害到
> 任何人，我不想给你方向，也不阻挡你。

亲爱的宝贝：

每个妈都不免有点啰嗦。再让我啰嗦一下来龙去脉：你出生之后，就面临了许多灾难。你要克服非常多的早产儿的问题，才能在各种威胁下找出自己的一条生路。

你的身上曾经插满了管子。不时挨针，全身换过血。

你都克服了。你是个小勇士，你让我觉得好骄傲。

当时是我生命中最脆弱的时刻。所有的安慰都没有用，我只能祈祷，只能相信一句"侏罗纪公园"那部电影里的知名对白：所有的生命都会找到出口。

这是唯一有效的鼓舞。

你出生后，外在世界也充满灾难。

恐怖的地震。新西兰。然后是日本。

我常常去日本旅行，那一直是个有秩序、富庶而美好的国度。我想，日本人跟我们一样，从没想过会有那么大的天灾发生。

我们看到了和灾难影片一样的惊悚画面：一个浪头卷来，摧枯拉朽，再坚固的混凝土建筑也挡不住大自然的脾气；桑田变沧海，只能眼睁睁地看着，什么也不能做。

然后是核灾。来帮助我们的能源，一不小心就变成了最凶残的杀手。福岛核电厂的员工，自愿留下来，冒着生命危险，也要恪尽职守。

东京的消防队员也奉命前去支持灌救。

记者会上，一位资深员工在被询问家人有何反应时，面容镇定地说道：我的妻子传了简讯给我，对我说，去做你应该做的事，去做救日本的英雄，我以你为荣。

我不知不觉地眼眶湿了。

日本震后有很多这样的故事。他们平静而守秩序地面对不可思议的灾祸，维持着一种"货真价实的文明"。大部分的人，都从容得像个英雄。

我曾说要带你到日本念一年书。为了这个打算，我早已重新开始学日文。我从来不是个说说就算了的人。

他们的社会当然有很多缺点。他们有时压抑、保守、重男轻女，还与我们有些历史上的情结与仇恨。但在大灾难过后，他们没有呼天抢地，表现出的镇定与坚强，实在让人刮目相看。

我是一个很不容易哭的妈妈。但我从小喜欢这样的故事，像我们小时候读的"与妻诀别书"一样的故事，应该要做的，不逃脱，不遁走，九死而不悔。

世界充满灾难，在面对难处时，千万不要当"草包"。

面对它，才能解决它，解决它，才能放下它。证严法师说的话真值得牢记啊。

人生总会有困难袭来，最可怕的不是困难卡住我们，而是我们卡住困难。

我遇过很多卡住困难的人。

举个例子来说吧。我每天早上去做广播节目。有一阵子，有一位看来很年轻的女生一直在门口等着。

我有个直觉：如果那一个人是"卡住"的，我从她的第一句话、第一个眼神就可以读出不对劲的气氛。

她等了很久，警卫要遣她走。我心下不忍，去问她有什么问题。

她马上哀号，说是有人对不起她，把她的所有证件拿走，藏了十年，她失去了自由，她好恨，她好无助……

失去自由？没有啊，她就站在我面前。春天的阳光很暖和，照得她两颊通红。没有人跟踪她，缚绑她，干涉她。

一般人会说，啊，她精神有问题。

我对于这一类人有不同的看法：啊，她只是卡住了。

我说的可不是玩笑话。

她可能遇过某些不好的事，但她让某个东西卡住了她的人生，没走出来，所以她的灵魂一直在某一个狭窄的空间里徘徊、呻吟、找不到出口，只好向下往更阴暗的地方挖掘，越挖越深、越挖越痛，然后，她就把自己的心埋在阴湿的土穴里，就算现实世界中，她被美丽的风景与温柔的阳光包围，她看到的也是她最不想看到的东西，也无法感受到怡人的温度。那世界变得跟她幻想的一样，阴森森的。

总而言之，就是卡住了。她不让本来卡住她的东西走，又拿来卡住自己。

我看过很多人在人生中卡住自己。那个卡住的东西，有的是家庭给他的阴影，有的是发生过的悲剧，但有的只是一次失恋、别人讲的一句不友善的话或一个老早就该痊愈的伤口。

如果你允许自己被卡住，那么微小的细沙都可以卡住你的生命河流；如果你不允许，再大的海啸过后，你还是可以重新奋斗。

通过很多"卡住"之后，能够卡住你的东西越来越少了。

亲爱的宝贝，我是个在文字上很啰嗦的母亲，对一个一岁半的小孩来说，我的说法可能太深奥了点。

其实，一出生就必须面对所有灾难的你，应该是个本性坚强的孩子吧。

我静静地观察你：嗯，果然。

你不太爱哭。就算打针，你也只是哭个二十秒，只要学会转移你的注意力，你就算了。

很干脆的性格。

但是你很固执。

我们家本来只有一个房间。你出生后，我的书房必须要改成你的儿童游戏室。你在全书环绕中成长。你喜欢上了书架，只要我在，你很坚持爬书架。

很难想象一个一岁多一点的孩子这么热爱攀岩。你的手臂上都已经出现小小的肌肉块了。

你很坚持要反复爬到书架最上面的一格。我在你身后只能当护卫墙。怕你跌下来，我小心翼翼。你有时会一个踩空，差点跌倒，但哇哇叫了两声之后，你又会兴致勃勃地往上爬。

啊，我只能为你加油。

虽然这是一个很不适合幼儿的活动。

你的说话能力不太发达（我想，那么早学会说话干嘛呢？晚点说话可能就会晚点顶嘴啦），但很热爱运动。吊单杠也是你热爱的活动之一。

我想，你的专长还真的跟我很不一样。

我开始幻想，你应该会变成一个运动健将。

不管你想做什么，就去吧，我只能在你还很脆弱的时候，负责保护你，只要你不妨害到任何人，我不想给你方向，也不阻挡你。

我会温柔地对你说："跌倒哭一下就好了。别哭太久哦。哭又不能让你不痛，对不对？"有时我会更啰嗦一点："人生要哭的事情会有很多哦。不痛就不要哭了，看，外面有只小鸟在唱歌哦。"

遇见
亲爱的宝贝

家是你永远可以回来的地方

你的家，是一个无论如何你怎样，都有一个人会热情拥抱你、急切渴望见到你的地方。不管你的表现如何、选择如何，你都可以回来——这样的地方，就是你的家。

亲爱的宝贝：

最近，有个自认为"很重视孩子教育"的阿姨遇到一件她认为是"匪夷所思"的事情。

她有一儿一女。儿子每一科成绩都很好。女儿的数学不好，一直惹她生气。某一次，她在极愤怒时，把一张不及格的考卷丢到女儿脸上，说："下次你再考不及格，我就不认你这个女儿，你不要给我回家，我不想看到你！"阿姨只想威胁一下女儿，要她认真一点。

结果，某一天，她的女儿下课后没有回家。她报了警，拼命地找女儿，给女儿的所有同学都打过一轮电话，没有人知道她女儿在哪里。她急得快疯了。到了半夜，女儿被找回来了，警察说，女儿在附近某家便利商店附设的咖啡座中，趴在桌上睡着了。

她一看到女儿，心里的石头落地，但也有一股气不由自主地从胸口冒出来，她大声说："你为什么要在外面乱逛！你想要当不良少女吗？"同时伸手就想打。

女儿一看到她，嚎啕大哭着说："妈妈对不起，我不是故意考不及格！我已经很认真了……"她才知道，女儿是因为考不好，迟迟不敢踏入家门。她的女儿才小学三年级呢。女儿不想看到妈妈失望的眼神。

这位阿姨算是很有反省能力，她告诉我："我开始反省自己，是不是对孩子太严格了。我的女儿图画得很好，她的才能不在数学上面。所以我决定不再苛求她，我会安慰她。"

"你怎么安慰她的？"我多问了这一句。

"我会安慰她说，虽然她的成绩不如哥哥，但我还是很爱她。"

"可不可以不要加上比较？'虽然她的成绩不如哥哥'这种比较，表示你还是很在意，孩子是很敏感的。"我说，"你应该也不喜欢听到你妈对你说，虽然你不如你姐姐漂亮，虽然你不如你弟弟会赚钱，但我还是很爱你吧？"

"对哦。"她接受了建议。

我们这一代的成长过程中，大部分人都听过爸妈说："如果你怎样，你就不要给我回家"的话。有时因为成绩，有时因为恋爱。有人会对女儿说："如果你敢跟那个男的在一起，那你就不要给我回来。"结果，女儿真的不回来了。

有些"家"——不听话、不达标准、让父母丢脸，就不许回来。有的孩子就算回了家，也感觉不到家的温度。

我从小不是个爱回家的孩子，且有个坚强认知：倒霉时千万别回家诉苦，不然我会更惨。我十多岁的时候就飞离家，从此发现，在外总是比较逍遥自在。有好些年，我活得像个始终没有归属感的流浪汉。

本来以为，自己买了房子，没有人能赶得走，没有人能擅自侵入，那就是家了。多年来，我在属于自己的空间里活得不错，但始终还是个流浪者，有了家之后又千方百计想逃离家，许多年，最吸引我的是旅行，一到机场我就兴奋莫名。

有了你之后，我才发现我真正有了家。我有了每天都急着想回去的地方。

是的，亲爱的宝贝，我敢如此保证，你的家，是一个无论如何你怎样，都有一个人会热情拥抱你、急切渴望见到你的地方。不管你的表现如何、选择如何，你都可以回来——这样的地方，就是你的家。

经过这么多年的历练，我很高兴我可以成为这么一个妈妈：有能力给你一个你永远想回来的家。

图书在版编目（CIP）数据

遇见·亲爱的宝贝 / 吴淡如著 . —北京：国际文化出版公司，2016.1

ISBN 978-7-5125-0822-4

Ⅰ. ①遇… Ⅱ. ①吴… Ⅲ. ①儿童教育—家庭教育 Ⅳ . ① G78

中国版本图书馆 CIP 数据核字（2015）第 284207 号

《遇见·亲爱的宝贝》经作者吴淡如授权国际文化出版公司在中国大陆地区独家出版发行。

著作权登记号　图字：01-2015-7713 号

遇见·亲爱的宝贝

作　　　者	吴淡如	
责任编辑	宋亚昛	
统筹监制	葛宏峰　李　莉	
策划编辑	李　莉	
特约编辑	耿媛媛　陈　静	
美术编辑	秦　宇	
摄　　　影	吴淡如　《婴儿与母亲杂志》潘朵拉	
绘　　　图	吴淡如　丁子晴	
出版发行	国际文化出版公司	
经　　　销	国文润华文化传媒（北京）有限责任公司	
印　　　刷	三河市华晨印务有限公司	
开　　　本	880 毫米 × 1230 毫米　　　32 开	
	7.5 印张　　　　　　　131 千字	
版　　　次	2016 年 1 月第 1 版	
	2016 年 1 月第 1 次印刷	
书　　　号	ISBN 978-7-5125-0822-4	
定　　　价	36.00 元	

国际文化出版公司

北京朝阳区东土城路乙 9 号　　　邮编：100013

总编室：（010）64271551　　传真：（010）64271578

销售热线：（010）64271187

传真：（010）64271187-800

E-mail：icpc@95777.sina.net

http://www.sinoread.com